名著伴你成长系列丛书

太有趣了，名著！

图说吉尔伽美什

《太有趣了，名著！》编写组◎编

黄慧琴◎译

微信扫码

读懂经典文学名著，
爱读会写学知识
★ 听故事学知识
★ 跟名师精读名著
★ 名著读写方法指导

SPM
南方出版传媒
广东经济出版社
·广州·

图书在版编目（CIP）数据

太有趣了，名著！图说吉尔伽美什/《太有趣了，名著！》编写组编；黄慧琴译. —广州：广东经济出版社，2021.4
（名著伴你成长系列丛书）
ISBN 978-7-5454-7412-1

Ⅰ.①太… Ⅱ.①太… ②黄… Ⅲ.①英雄史诗—巴比伦 Ⅳ.①I370.22

中国版本图书馆CIP数据核字（2020）第221176号

策　　划：李　鹏
责任编辑：冯　颖　陈　晔　张　齐　李雨昕
责任技编：陆俊帆
封面设计：读家文化

太有趣了，名著！图说吉尔伽美什
TAI YOUQU LE, MINGZHU! TUSHUO JIERJIAMEISHI

出版人	李　鹏
出　版 发　行	广东经济出版社（广州市环市东路水荫路11号11~12楼）
经　销	全国新华书店
印　刷	广东鹏腾宇文化创新有限公司 （珠海市高新区唐家湾镇科技九路88号10栋）
开　本	889毫米×1194毫米　1/32
印　张	4.25
字　数	94千字
版　次	2021年4月第1版
印　次	2021年4月第1次
书　号	ISBN 978-7-5454-7412-1
定　价	22.00元

图书营销中心地址：广州市环市东路水荫路11号11楼
电话：（020）87393830　邮政编码：510075
如发现印装质量问题，影响阅读，请与本社联系
广东经济出版社常年法律顾问：胡志海律师
·版权所有　翻印必究·

名著伴你成长系列丛书

阅读专练手册

太有趣了，名著！

图说吉尔伽美什

导读梳理　阅读方法巧掌握
随读随练　学习习惯勤培养

一、名著导读

1. 阅读目标

（1）产生阅读本书的兴趣，自主阅读这部史诗。

（2）通过阅读了解书中丰富多彩的故事情节。

（3）感受阅读的快乐，乐于与大家分享课外阅读的成果。

2. 阅读指导

阅读要素	阅读分组	阅读方法
（1）读懂故事的主要内容，体会故事主人公的形象，感受作品史诗般的魅力 （2）联系生活，感悟故事中的道理，学习主人公身上的美好品质。树立自信，培养克服困难的勇气	第一组	勾画故事中的好词句
	第二组	一边读一边提出问题
	第三组	做"阅读记录卡"，摘抄印象深刻的词句
	第四组	根据故事内容，体会主人公的形象特点，写一写阅读体会

二、快乐阅读

1. 阅读任务卡

阅读分组	篇目	时间	日期
第一组	从《安启创世》到《恩奇都的诞生》（3篇）	3天	__月__日至__月__日
第二组	从《梦遇恩奇都》到《天牛之祸》（4篇）	4天	__月__日至__月__日
第三组	从《恩奇都的陨落》到《客栈小憩》（4篇）	4天	__月__日至__月__日
第四组	从《先祖的永生之谜》到《吉尔伽美什的陨落》（3篇）	3天	__月__日至__月__日

2. 我的阅读单

故事题目	主要角色及经历	告诉我们的道理
《击杀巨兽洪巴巴》	吉尔伽美什和恩奇都一起去森林击杀巨兽洪巴巴	学习他们不怕困难、勇往直前的精神
《　　》		
《　　》		
《　　》		

三、阅读成果展

1. 我喜欢的词句

2. 我明白的道理

人固有一死，没有人能够获得永生，我们不是神明，现在的权力也只是一时的，想要被后人记住，被后人敬仰，我们必须有所建树，王权富贵不过过眼云烟，你我早该看透。真正的荣耀，生命真正的意义，是能够被后人歌颂，被祖祖辈辈奉为人间的楷模，这才是天神创造我们的意义所在啊！

——《击杀巨兽洪巴巴》

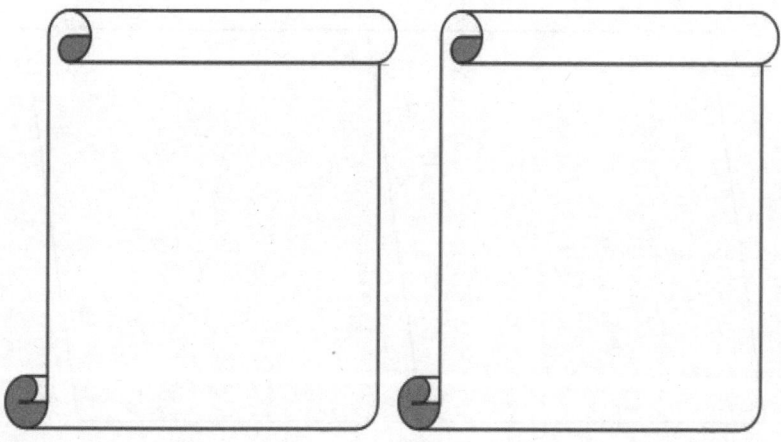

3. 交流分享

一鸣：在这部英雄史诗中，乌鲁克的国王吉尔伽美什和恩奇都一起杀死巨兽洪巴巴，打败天牛，赶跑女神。他们不惧生死，在困难面前毫不退缩，表现出的大无畏的英雄气概，让我特别敬佩。我觉得，我们在学习和生活中遇到困难时，也要有这种勇往直前的精神。

天天：我很喜欢这个故事里的国王吉尔伽美什。他不仅是臣民爱戴的英雄，有大无畏的英雄气概，在好友恩奇都突然病逝后痛不欲生，还亲自为恩奇都举行了最隆重、最豪华的葬礼。吉尔伽美什对朋友的情谊非常深厚。书中的这些情节深深地打动了我。

我：_____
_____
_____
_____
_____

四、名著微测

1. 根据书中故事内容，把下列思维导图补充完整

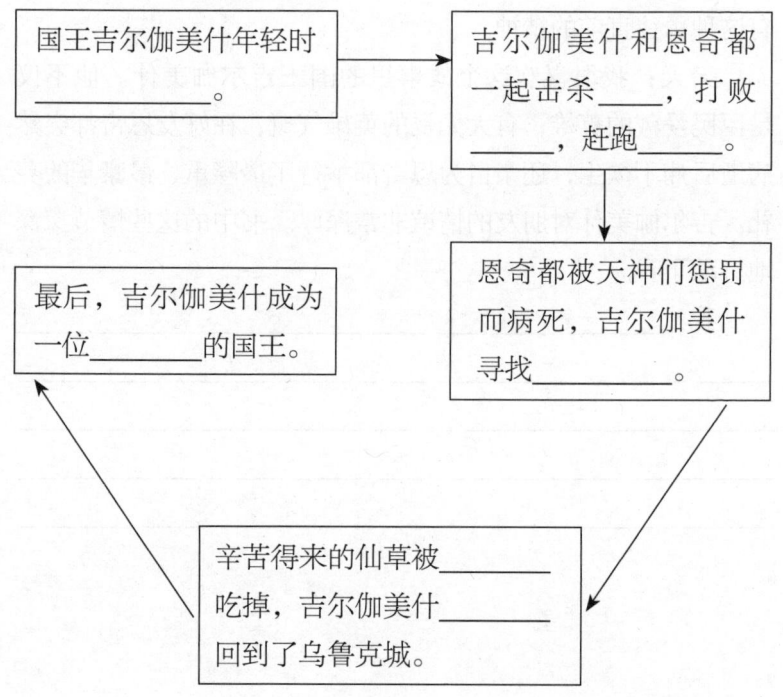

2. 精彩片段阅读练习

客栈小憩（节选）

几个月来，吉尔伽美什过着极其艰辛的生活，可以用茹毛饮血来形容。他踏遍了山山水水，走过了黑暗深渊，如今来到了这处乐园，顿时心花怒放。

他摘了几个果子，那果子尝起来甜美爽口，令人沉醉。已经几个月没有吃过好东西的吉尔伽美什更是一连吃了好几个，他开始向太阳神祈祷："您的恩赐我永生难忘！我会更加崇奉您的恩遇！"

听到吉尔伽美什祷告的沙玛什化身为一只鹦鹉，站在树上对他说道："那你为何不留下来呢？你瞧，这里的天空多么明亮，夜晚也是星光闪耀的，你口中的果实能使人变得年轻，在这里你将会忘却一切烦恼，留下来吧！"

听了这话，吉尔伽美什放下手中的果子，反驳道："我披荆斩棘，费尽一切力量来到这里，不是为了这一时的欢愉，而是为了找到永生的力量。您一定知道我经历了多少苦难，困了我就在树上休息，饿了我就吃生肉，难道我的罪就这样白受了吗？就在此地享尽此生？请将死亡留给该死的人，让我永远沐浴在您的光辉下吧！"

沙玛什叹了口气，知道自己根本无法说服他，因此摇了摇头走掉了。走之前，他告诉吉尔伽美什前方是死亡之海。

吉尔伽美什稍作休息，便继续上路了。又过了几天，他来到了一处海边。这片海有些与众不同,海水颜色发黑,海面上大雾弥漫,根本望不到尽头,而海的另一边与天涯相接。

吉尔伽美什的眼中绽放出了光芒,他坚信自己的先祖乌特那庇什提牟一定住在海的尽头。

(1)吉尔伽美什历尽千辛万苦,终于来到了一个美丽的地方,但是他却拒绝了沙玛什的劝告,为什么?因为( )

A. 吉尔伽美什天生喜欢冒险

B. 吉尔伽美什要去为恩奇都报仇

C. 吉尔伽美什决定继续去寻找永生的秘密

(2)太阳神沙玛什为了劝告吉尔伽美什,化身为( )。

A. 一个美丽的女子

B. 一只鹦鹉

C. 摆渡人

(3)面对死亡之海,吉尔伽美什的眼中为什么绽放出了光芒?

_____

_____

_____

（4）我们能从吉尔伽美什的身上学到什么？

_____

_____

_____

五、阅读感悟

读完这本书,你一定有很多感想吧!书中哪些故事情节给你的印象最深刻?从主人公的人生经历和变化中,你感受到什么?请写一篇读后感。

参考答案

四、名著微测

1.

国王吉尔伽美什年轻时<u>骄傲任性、性格暴戾</u>。 → 吉尔伽美什和恩奇都一起击杀洪巴巴，打败<u>天生</u>，赶跑<u>女神伊什妲尔</u>。

↓

恩奇都被天神们惩罚而病死，吉尔伽美什寻找<u>永生的秘密</u>。

↓

辛苦得来的仙草被蛇吃掉，吉尔伽美什<u>两手空空</u>回到了乌鲁克城。

↓

最后，吉尔伽美什成为一位<u>负责任、勇敢</u>的国王。

2. （1）C （2）B

（3）吉尔伽美什坚信自己的先祖乌特那庇什提牟一定住在海的尽头，坚信自己能够克服困难到达那里，找到永生的秘密。

（4）学习吉尔伽美什的勇敢、坚强、执着等精神。（答案不唯一）

广东经济出版社
GUANGDONG ECONOMY PUBLISHING HOUSE

诚意馈赠

广东经济出版社
天猫旗舰店

广东经济出版社
京东旗舰店

建议配合 二维码 一起使用

读懂经典文学名著
爱读会写学知识

扫描下方
二维码
即可获得

- 听故事学知识　听原汁原味故事，学名著考试知识
- 跟名师精读名著　名师带你精读100本世界名著
- 名著读写方法指导　会阅读更会运用，成为写作小能手

微信扫码

内容简介

　　《吉尔伽美什》诞生于公元前2000年到公元前1000年,作为人类历史上已知的最古老的英雄史诗,是用楔形文字刻写在泥板上流传下来的,是美索不达米亚文明留给后世的一份重要文化遗产,对西方文化产生过深远的影响。

　　故事讲述了乌鲁克的国王吉尔伽美什年轻时骄傲任性,曾引起臣民的不满。天神给他创造了一个对手恩奇都,他和同样健壮勇敢的恩奇都不打不相识,成为了形影不离的好伙伴。他们一起为民除害,杀死巨兽洪巴巴,打败天牛,赶跑女神,然而恩奇都却被天神们惩罚而病死。伤心的吉尔伽美什渡河寻找永生的奥秘,却被蛇吃掉了辛苦得来的仙草,两手空空回到了乌鲁克城。所有神秘的奇幻经历,让他最终成为一位负责任、勇敢的国王。

人物说明

安：天神，男神

启：地神，女神

恩利尔：地与空气之神，安和启的儿子，众神之主。能刮出来八种风，暴风、寒风、海风、热风以及从东南西北吹来的各种风

宁利尔：恩利尔之妻

南纳：月神，恩利尔的儿子

宁加尔：月神之妻

沙玛什：太阳神，为世界带来了光明

坦姆斯：植物神，伊什妲尔的第一任丈夫，为神灵们提供了青草

尼沙巴：谷神，为神灵们提供了面包

伊什妲尔：天神的女儿，乌鲁克城的守护神

洪巴巴：天神派到杉树林的守护者，性情凶猛残暴

吉尔伽美什：乌鲁克的第五任国王，女神宁孙与国王卢伽尔班达的儿子

阿达德：雷神，勇敢无畏

阿鲁鲁：母神，宁胡尔萨格的别称，主要掌管生育

尼努尔塔：战神，代表土星，也是时间神之一

恩奇都：母神阿鲁鲁造的野人，吉尔伽美什的"敌人"与朋友

莎玛赫：恩奇都的爱人，最漂亮、最有魅力的女神

艾莉什伽尔：地下王国的国王，伊什妲尔的姐姐

伊什拉怒：牧神，伊什妲尔的第二任丈夫，天神的守卫

乌特那庇什提牟：吉尔伽美什的先祖

埃阿神：书吏，负责记录会议内容

舒尔拉特、哈尼什：预告暴风雨的使者

宁孙：吉尔伽美什的母亲，是乌鲁克守护神

卢伽尔班达：乌鲁克的国王，吉尔伽美什的父亲，是乌鲁克守护神

乌鲁舍那庇：死亡之海的摆渡人

目 录

- 01 安启创世 /1
- 02 吉尔伽美什的暴行 /7
- 03 恩奇都的诞生 /16
- 04 梦遇恩奇都 /24
- 05 击杀巨兽洪巴巴 /33
- 06 女神降临的噩梦 /47
- 07 天牛之祸 /56
- 08 恩奇都的陨落 /62
- 09 缅怀恩奇都 /69
- 10 踏上寻求永生的征途 /76
- 11 客栈小憩 /85
- 12 先祖的永生之谜 /96
- 13 踏上归程 /108
- 14 吉尔伽美什的陨落 /117

读懂经典文学名著，
爱读会写学知识
★ 听故事学知识
★ 跟名师精读名著
★ 名著读写方法指导

01 安启创世

读懂经典文学名著，
爱读会写学知识
★ 听故事学知识
★ 跟名师精读名著
★ 名著读写方法指导

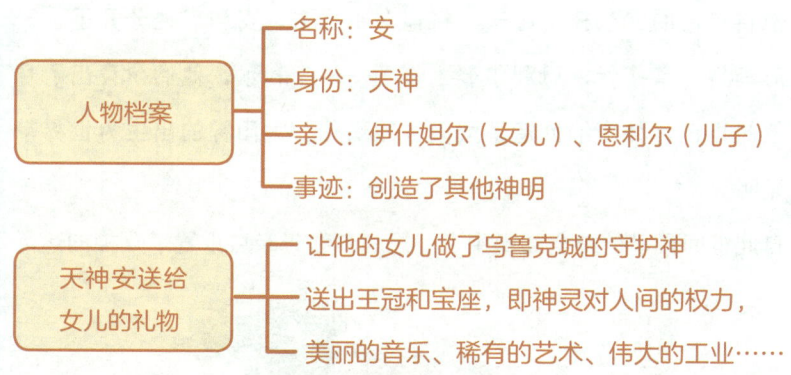

汪洋一片的世界中出现了安和启。他们创造了众神，使日月星辰开始了周而复始的运转，后来众神又创造了人类，并掌管人类和领地。天神安的女儿伊什妲尔向父亲要了很多礼物，之后不幸被凶兽洪巴巴掳去。她的子民们想要让吉尔伽美什去拯救她。

太有趣了，名著！ 图说吉尔伽美什

人们对世界的本源有着很强的好奇心，对人类的起源之谜也在不断探究。因此很多神话产生了，创世之神也相伴而生①。

对于苏美尔人来说，安启便是他们的创世之神。

早先的世界汪洋一片，它孕育了世间万物，最早出现的便是山。山一分为二，安与启从中走了出来，他们代表着天和地。安是男神，他象征着天；启是女神，她象征着地。安启合二为一，创造了天地万物，世间最早的神诞生了②。

他们的结合创造出了地与空气之神——恩利尔。恩利尔身负神力，他将自己的父亲托了起来，将他向上推去，安和启便分开了，天地雏形渐显。紧接着，恩利尔娶了妻子——宁利尔，他们孕育出了月和其他星辰，月神南纳创造了太阳神沙玛什，太阳神的出生为世界带来了光明。

自此世间最早的神全部诞生了。恩利尔和母亲启设置了众神的运行

①介绍创世之神产生的原因。
②叙述世界最早的状态和最早的神的诞生过程。

雏形（chú xíng）：未定型前的形式。
孕育（yùn yù）：怀胎生育，比喻既存的事物中酝酿着新事物。

01 安启创世

秩序，日月星辰便有了自己的规则，日升月落，周而复始，生生不息。

另一边的天神安无人相伴，感到无比寂寞，他决定创造一些神。这些神最开始的时候没有感觉，他们不知道寒冷和饥饿，直到有一天，他们忽然觉察到自己能够感知冷和饿了，他们开始变得不满。

于是，安再次使用神力，创造了植物神。植物神让大地长满植物。神灵们开始以青草为生。接着谷神和畜牧神出现了，他们又给神灵们的食谱里增加了面包、肉类、牛奶和羊奶。

但是这并不能满足神灵们的需要，他们觉得这些东西不能解决他们的饥饿。羊儿太瘦弱了，麦子也不够吃，这一切都太糟糕了。

就连负责掌管众神生活的神灵也觉得日子太难过了："他们只知道抱怨东西太少，但是我整日辛苦劳作，却没有人愿意分担我的痛苦，我也受够了①！"

他们日思夜想，终于想出了一个好主意：创造出一些能够代替他们劳作的人不就好了？于是，一个个用泥土做的人产生了。人类作为神灵最忠实的劳仆，整日替他们看管稻田、养殖牲畜，用来报答神灵的创造之恩。而神灵呢，他们掌管着人类的生死荣辱，决定着人类的命运，并享受着人类的劳动成果。一切都井然有序地进行着②。

---

① 众神的抱怨和不满，为下文人类的出现做了铺垫。
② "掌管""享受"这两个词语生动地体现了神灵对人类的命运起着决定性的作用。

井然有序（jǐng rán yǒu xù）：整整齐齐，次序分明，条理清楚。

太有趣了，名著！ |图说吉尔伽美什|

人类的数量渐渐多了起来。他们组成了部落，建造了城市。众神在此基础上划分了区域，维持着自己领地内的秩序。

但是，由于不同地域内的人口数量不一，贫富差距很大，众神经常因此产生矛盾[①]。就像天神安的女儿——伊什妲尔，她总是向自己的父亲抱怨："亲爱的父亲，您对我太不公平了，您看我的姐妹们，她们掌管的城邦多么富庶，但是我呢，我什么都没有！"说着说着她竟然哭了起来。

天神安心疼自己的女儿，便同意她做幼发拉底河下游东岸的乌鲁克城的守护神。但是贪心的伊什妲尔想要的可不仅仅是这一座城。

于是，她偷偷谋划。在一次宴会上，她欺骗了醉酒的父亲："亲爱的父亲，您一定不愿看着女儿受苦吧，您可是创世之神呢，您的女儿怎么能过这样的生活呢？您最疼爱我了，快想办法帮帮我吧！"

天神安被缠得实在没有办法了，再加上他喝得飘飘然，没有丝毫考虑就将自己的王冠和宝座送给了女儿："我要将神灵对人间的权力送给我的女儿，把美丽的音乐、稀有的艺术、伟大的工业送给她……"

失去理智的天神安前前后后送出去了一百多件礼物。众神极其不满，但是她的女儿伊什妲尔却心满意足地朝着自己的领地飞去了。

---

①由于不同地域内的人口数量不一，贫富差距很大，引起了众神的不满，才有了天神安的女儿——伊什妲尔向父亲要礼物的故事。

01 安启创世

乌鲁克城的城民得知自己的女神带着天神安的奖赏而来，一个个兴高采烈，高声欢呼着女神的归来。他们在城门等待着，守候着，直到伊什妲尔将文明带到乌鲁克城①。

有了文明的乌鲁克城一下子繁荣起来，城民过上了更好的生活。女神伊什妲尔也不再抱怨，开始享受领地繁荣富庶带来的果实。

但是好景不长。一天，伊什妲尔正像往常一样沿着幼发拉底河散心，突然间，一只巨大的鹫鸟从天而降，女神来不及反应，就被捉进了一片神秘的杉树林中。原来，这片神秘的杉树林正是凶兽洪巴巴的地盘。洪巴巴法力强大，它有七个身躯，发出七道光芒，常年看守着这片林子。除了凶兽，林子里还有妖怪、蛇类并生。女神根本走不出去②，只能没日没夜地哭泣。

女神悲伤的哭泣声传到了乌鲁克城，城民们尊贵的女神竟然被困住了，可是他们却并没有能力解救女神。于是大家不约而同地想到了，或许只有一个人能够帮女神摆脱困境——吉尔伽美什，这个英雄故事的主要人物。

---

①生动形象地表现出了乌鲁克城的城民的高兴和激动。
②突出巨兽洪巴巴的凶恶，揭示女神逃不出这片林子的原因。

不约而同（bù yuē ér tóng）：没有事先商量而彼此见解或行动一致。

感悟启示

神话是讲述早先神生活的故事。神往往天生神力,却摆脱不了人性的束缚,从天神安身上便能洞见神的人性。他们本身是神,却带有人的特点,有着人的欲望,就像女神伊什妲尔,她的自私贪心就是人性恶面的放大化体现,以她的形象反衬人类英雄的勇敢无畏、正义不屈。

读懂经典文学名著,爱读会写学知识

微信扫描目录二维码,获取线上服务

02 吉尔伽美什的暴行

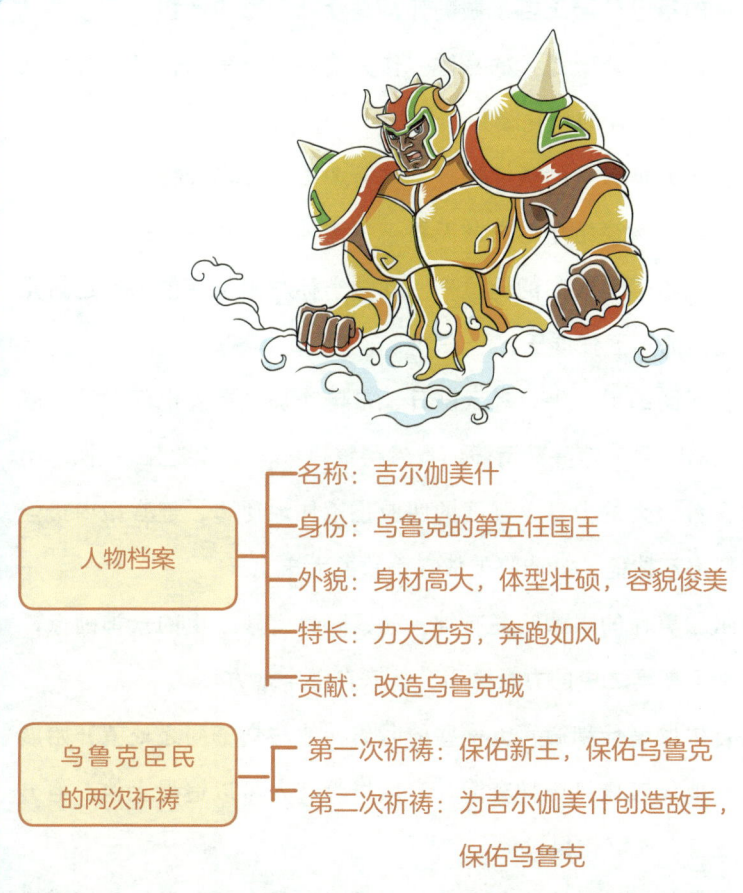

人物档案
- 名称：吉尔伽美什
- 身份：乌鲁克的第五任国王
- 外貌：身材高大，体型壮硕，容貌俊美
- 特长：力大无穷，奔跑如风
- 贡献：改造乌鲁克城

乌鲁克臣民的两次祈祷
- 第一次祈祷：保佑新王，保佑乌鲁克
- 第二次祈祷：为吉尔伽美什创造敌手，保佑乌鲁克

　　吉尔伽美什生下来就与众不同，人们对他寄予厚望。他登上国王的宝座后，的确为乌鲁克做了很多好事，但是后来他变得骄傲起来，引起臣民的不满。于是臣民开始祈祷神灵，让他的对手出现。

| 图说吉尔伽美什 |

乌鲁克的第五任国王吉尔伽美什，是众神合力的产物：三分之二是神的身体，三分之一是人的身体。作为诸神最完美的作品，吉尔伽美什生来便受到众人的顶礼膜拜。

他有着大力神赋予的强健体魄，有着太阳神沙玛什描绘的完美面孔，有着雷神阿达德给予的勇敢无畏……诸神将一切完美的条件赐予了他，同时也给了他极高的地位——女神宁孙与国王卢伽尔班达的儿子，乌鲁克国的第五任国王[1]。

他降临人间的那一天，乌云蔽日，雷电交加。屋外电闪雷鸣，屋内新生婴儿的啼哭声嘹亮而清脆，竟然跟雷声一样震耳欲聋[2]。他小小的身躯蕴含着极大的力量，强健的四肢止不住地动弹，连宫殿内最强壮的乳娘都抱不住他，只能将他放在柔软的大床上。

小吉尔伽美什的眼睛明亮有神，他紧盯着宫殿之上的众神画像，仿佛感觉到了冥冥之中的力量牵引，他来自那个地方。

等到吉尔伽美什稍微再大一些的时候，他与众不同之处就开始展露出来了：他能够像风一样奔跑，宫殿里没有人可以追得上他；他力大如牛，没有人能够比得过他[3]。

这种无敌的状态让小吉尔伽美什变得骄傲起来，一开始他还沉浸在这种众星捧月的感觉之中，但是随着年龄慢慢增长，他开始觉得空虚，非常苦恼没有人可以同他一样生活。于是，他开始发泄自己身上

[1]介绍吉尔伽美什生来便受到众人顶礼膜拜的原因。
[2]运用环境描写，渲染吉尔伽美什出生时的情景，突出他的与众不同。
[3]运用了比喻修辞手法，突出吉尔伽美什的与众不同。

02 吉尔伽美什的暴行

用不完的力量,在宫殿里搞起了破坏,将自己的房间弄得一团糟,殴打服侍自己的女仆。可怜的女仆根本承受不住吉尔伽美什的拳头,经常痛得忍不住哭泣。

除此之外,宫殿里的侍卫也开始抱怨这位小王子的恶行。吉尔伽美什凭借自己的天生神力,每天都要与护卫他的士兵比试。结果,每天都有人受伤,不是腿瘸了,就是胳膊折了。宫殿里的人苦不堪言。

在又一次遭受王子的发泄后,众人向王子的母亲——女神宁孙诉苦道:"尊敬的女王陛下,您的儿子,我们伟大的王子殿下生来就是如此的尊贵,他力大无比,智慧无边,像我们这样的人根本不配侍奉他呀!他应该像一个真正的神那样,受万民朝拜,像我们这种卑贱的奴仆，怎么能侍候他呢①？"

女神宁孙听后并不是很高兴："王子殿下年龄尚小，一个孩子怎么可能稳重呢，他现在毛躁是再正常不过的了，等他登上王位，成为国王之后，就不会再这样了。"

众人对女神的话深信不疑，大家都在等待着王子登位那天的到来。

万众瞩目的这一天到来了，吉尔伽美什不负众望，成了一名强壮、健美的男子。他身材高大，体型壮硕，容貌俊美，没有人不被他的英俊所倾倒。他们的王子终于成长为一名仁慈且伟大的国王了①。

即位仪式十分隆重，乌鲁克王宫一片欢腾。吉尔伽美什换上了隆重的加冕衣冠，显得更加英气逼人。他头上的王冠闪耀着五彩光芒，他的脚步稳健而有力，众人的目光随他到了高台之上。祭司早已来到，她的头上插着鸡毛，身上涂满了橄榄油，脸上也画着祭祀用的神图，五颜六色的，显得更加神秘庄严。

祭司庄重地跪在高台之上，用低沉清晰的声音向天祈求道：

尊贵的女神伊什妲尔，

伟大的新王吉尔伽美什今日即位了，

---

①吉尔伽美什的做法引起了人们的不满，好多人不愿意伺候他。
②运用外貌描写，突出了吉尔伽美什不凡的相貌。

万众瞩目（wàn zhòng zhǔ mù）：大家十分关注，目不转睛地注视。
加冕（jiā miǎn）：某些国家的君主即位时所举行的仪式，把皇冠或王冠戴在君主头上。

02 吉尔伽美什的暴行

他将是乌鲁克最伟大的王!

他的身躯健壮,

他的智慧惊人,

他是乌鲁克最英勇的人。

请您保佑新王,

请您保佑乌鲁克,

让文明之火永不熄灭!

让乌鲁克更加繁荣富饶!

请保佑乌鲁克的子民更加勇敢①!

……

① 祭司的赞词表现了人们对新王的美好期望以及对幸福生活的憧憬。

太有趣了，名著！ |图说吉尔伽美什|

祭司的声音还在继续，但是吉尔伽美什已经听不进去了。祭司的赞美、臣民的朝拜、众人的尊敬令他自豪，他发誓要带领乌鲁克走向更加辉煌的未来："吉尔伽美什，你们的新王——我，庄重地发誓，必将带领你们走向更加幸福的生活，必将乌鲁克打造成一个更加鼎盛的王国！"

众人被他激昂的演讲感动得热泪盈眶，没有人不敬畏这位年轻的国王。

言出必行的吉尔伽美什很快就行动了。他的第一个目标就是改造乌鲁克城，他要将乌鲁克城改造得更加坚固，用铜墙铁壁使外敌望而却步。城墙全部用石头打造，但这石头并非一般的石头，它们经过千锤百炼，被打磨得露出青铜色的光泽，在太阳的照耀下闪闪发光。城墙的内壁也是干净整齐的，整个乌鲁克城焕然一新。

认真负责的国王亲自检验了地上的基石，他一路走一路看，确保了这座城墙坚固无比，能够经受烈火的淬炼。城墙修筑的完工标志着一个新时代的到来，乌鲁克即将走向更加光辉的明天。

臣民们望着那坚固无比的城墙，由衷地赞美着国王吉尔伽美什，他们似乎忘记了这座城墙最初的建造者——七位圣贤，可见吉尔伽美什修筑的城墙之坚固[1]。

①从侧面衬托出人们对吉尔伽美什的信任和拥护。

焕然一新（huàn rán yī xīn）：形容出现了崭新的面貌。

02 吉尔伽美什的暴行

同时,不远处的伊什妲尔神庙也在马不停蹄地修建着。它的外观金碧辉煌,但是走进去却是另一种风景——庄严、古朴、典雅,令人发自内心地敬畏,能够感受到人神之间的心灵碰撞,简直是无与伦比。每当有其他城邦的人走进乌鲁克城,看到雄伟壮观的城墙和美轮美奂的伊什妲尔神庙,都会由衷地赞叹。而乌鲁克人民都会伸出右手手掌,四指并拢,指向王宫说道:"这是我们伟大的国王吉尔伽美什创造的,我们的国王很有力气,是天神转世。"

每一位参观者都会为乌鲁克城的建筑而倾倒,进而更加敬畏这位年纪轻轻的新国王,他们毫无保留地赞美吉尔伽美什,将他视作真正的神灵。

在乌鲁克人民不绝于耳的赞美中,吉尔伽美什的虚荣心逐渐膨胀起来。他不愿意再待在王宫里,他要亲自到街上去听一听子民是如何赞美他的。吉尔伽美什昂首阔步走在新铺的石砖路上。一开始,人们都敞开家门,匍匐在地,跪迎他们尊贵的国王。逐渐地,当吉尔伽美什再来街上游走的时候,家家户户门窗紧闭,大街上连个人影都看不到了,这是怎么回事呢?

原来吉尔伽美什在大街上游走的时候,看到健壮的小伙子,就把他拉去当苦力,不管他家中是否上有父母、下有妻儿;看到漂亮的姑娘就抢回去做王妃,不管她是谁家的女儿。

随着时间的流逝,这样的事并没减少,反而越来越多地出现,

金碧辉煌(jīn bì huī huáng):形容建筑物等异常华丽,光彩夺目。
敬畏(jìng wèi):又敬重又畏惧。

太有趣了，名著！ 图说吉尔伽美什

吉尔伽美什甚至直接搞起了恶作剧。他将一面有着神力的大鼓挂在了城中，一旦他敲响大鼓，就意味着有危急情况发生，武士们必须出现在大鼓旁。于是，每当无聊的时候，他便会将大鼓敲响。看到急急忙忙赶来的一群武士，他便高兴得捧腹大笑，丝毫不在意众人难看的脸色，以及愤怒的神情。众人忍气吞声，但是吉尔伽美什丝毫没有收敛，反而变本加厉，公开戏弄臣民。

终于有一天，乌鲁克人民再也忍受不住了。他们开始向天神抱怨这个丝毫不在意臣民的国王，他以戏弄臣民为乐，不顾臣民死活，他根本不配做乌鲁克的守护者①。

又一次祈祷开始了，却是跟第一次完全不同的内容：

诸神愚昧啊，
怎能将这样的国王降临人间呢？
他只会压迫臣民，
他只会滥用权势。
他将乌鲁克搞得乌烟瘴气，
乌鲁克人被他抢走了女儿，

---

①吉尔伽美什愚弄他的臣民，引起了人们对他的不满。

捧腹大笑（pěng fù dà xiào）：用手捂住肚子大笑。形容遇到极可笑之事，笑得不能抑制。

02 吉尔伽美什的暴行

被他抢走了儿子，
他的勇武从来不为乌鲁克，
他的智慧也未曾带来果实，
这样的暴君、这样的蛮牛，
怎能降临乌鲁克！
诸神啊！
请为他创造敌手吧！
诸神啊！
请保佑乌鲁克吧[①]！

　　我们在自己有能力的时候，就更应该注意自己的行为，伤害他人不是英雄的作为，不能因为权力与欲望而让自己变得暴戾蛮横。

①和上文祭司的祈祷形成了鲜明的对比，突出了人们希望为吉尔伽美什创造敌手的急切心情。

03 恩奇都的诞生

微信扫码

读懂经典文学名著，
爱读会写学知识
★ 听故事学知识
★ 跟名师精读名著
★ 名著读写方法指导

人物档案
- 名称：恩奇都
- 外貌：浑身覆盖着毛发，发丝纤长，看起来像一个怪物
- 特长：具有神奇的力量

恩奇都诞生
- 诞生后对自己一无所知，和野兽生活在一起
- 被莎玛赫迷惑，想要和吉尔伽美什决斗

　　天神安听到了人们的祈祷，让母神阿鲁鲁用泥巴造了一个没有思想的怪物恩奇都。恩奇都最初不知道自己是谁，和野兽一起生活在森林里。猎人打猎时看见了怪物恩奇都，非常害怕，向吉尔伽美什求助。吉尔伽美什让莎玛赫去迷惑恩奇都。恩奇都产生了和吉尔伽美什一争高下的想法。

03 恩奇都的诞生

天神安听到了来自人间的祈祷,他知道这样下去不是办法,因此紧急将母神阿鲁鲁召唤了出来。天神安对母神阿鲁鲁说道:"诸神的杰作——乌鲁克的国王实在是太勇武了,没有人是他的对手,现在他的臣民们对他横征暴敛的行为感到不满,你一定要想出个好办法,不能再让乌鲁克城的人民抱怨了。"

母神阿鲁鲁得到命令之后就开始冥思苦想,到底用什么方法才能够消耗吉尔伽美什的精力呢?只有让他转移注意力,乌鲁克城的人民才能得救啊。她前思后想,终于想出了一个绝妙的法子——创造一个能够与他匹敌的人,这样乌鲁克城的人民就不用整日提心吊胆了[①]!

说做就做,阿鲁鲁开始用泥巴创造吉尔伽美什的对手。她先将双手洗净,接着甩了一团泥巴在地上,按自己心中的形象做好泥人[②]。那泥人顷刻间便活动了起来,他浑身覆盖着毛发,发丝纤长,看起来像一个怪物。随后,阿鲁鲁又将战神尼努尔塔的力量赋予了泥人,这个怪物便有了能够与吉尔伽美什对抗的资本。

阿鲁鲁对这个作品满意极了,她高兴地为他取了个名字——恩奇

[①]展示母神阿鲁鲁的内心活动:她决定创造一个能够与吉尔伽美什匹敌的人,来消耗吉尔伽美什的精力。
[②]详细写出了母神阿鲁鲁创造吉尔伽美什对手的经过。

横征暴敛(héng zhēng bào liǎn):强征捐税,搜刮百姓财富。
冥思苦想(míng sī kǔ xiǎng):深沉地思索。
提心吊胆(tí xīn diào dǎn):形容十分担心或害怕。

太有趣了，名著！ 图说吉尔伽美什

都，并将他的诞生地选在了乌鲁克城外的森林中。

一切准备就绪了。恩奇都的记忆里从没有人的出现，他对于周围的一切事物都懵懂至极，他对于自己的身份一无所知，甚至不知道自己从何处而来，他的出生没有神谕，他也不知晓自己的命运如何。他看着自己身上不知道从何处弄来的衣服，心里疑惑极了，可是周围没有同伴，他也不知如何表达自己的情绪。

恩奇都没有食物，只能起身寻找。不远处站着几只麋鹿，恩奇都盯着它们身上的棕色毛发看了好久，再低头看了一眼自己身上同色的毛发，心里认定了它们是自己的同类。他慢慢地向它们走了过去，和它们一同在草地上吃起了青草。麋鹿们起初也不知所措，但见恩奇都并没有伤害它们的意思，便继续低头吃草了。

恩奇都找到了自己的"同伴"，开始跟它们一起过起了群居生

> 懵懂（měng dǒng）：头脑不清楚或不能明辨事物。
> 不知所措（bù zhī suǒ cuò）：不知道怎么办才好。形容受窘或发急。

03 恩奇都的诞生

活。它们一同吃草,一同在溪边饮水,一同在森林里奔跑跳跃,快活极了[①]。

但是这样的快活日子并没有持续几天,森林里时常会有猎人出现,他们以捕猎动物为生。森林里陷阱丛生,麋鹿和其他动物经常被猎杀。猎人经验丰富,他们常将自己的陷阱埋在溪边,没有动物不喝水,因此他们总能有所收获。运气好的时候,他们还能捕到豹子,通过贩卖其上等的皮毛给家里带来不菲的收入。

这日,一个猎人像往常一样躲在溪边的草丛里,等待着今天的收获。突然间,他的眸子亮了亮:"我的天,那个是什么!长毛怪吗[②]?"

令他意想不到的是,他惊讶的目光瞬间被恩奇都捕捉到了。恩奇都抬起了喝水的头,朝着猎人的方向望去。"怎么会有不长毛、浑身光溜溜的动物呢?我还真没见过裹着兽皮的家伙呢!"恩奇都心想。

猎人惊呆了,他根本没有想到这个巨大的怪物会立刻发现了他。他开始浑身颤抖,接着飞奔着跑开了。"森林里有一个怪物!森林里有一个怪物!"巨大的心理恐惧使他逃跑的脚步快得连野兽也追不上。

①恩奇都认为麋鹿是自己的"同伴",开始跟它们一起生活。
②语言描写,写出了猎人看到恩奇都后的惊讶。

太有趣了，名著！ 图说吉尔伽美什

而一旁的恩奇都也是害怕的。出于对未知事物的畏惧心理，接下来的几天，恩奇都一直跟野兽在一起，害怕再次遇上这个奇怪的动物。

猎人回到了家里，对于刚刚发生的事情仍心有余悸，他想，希望再也不要让他遇见那个怪物了。

可是天不遂人愿，接下来的几天，他总会和这个怪物打个照面，接着像那天一样两人分头①逃窜。猎人已经好几天没有带回家东西了，父亲看着他越来越苍白的脸色，问道："你遇到什么了？为什么脸色如此难看？"

猎人向父亲说了自己的遭遇，描述了这几天的处境："父亲啊，森林里来了一个怪物，他是那么的强悍，他的力气可与天神安的守卫较量。他就在山里游荡，和野兽们一起吃草，在池塘里洗脚。我在森林里挖好的陷阱被他填平，我设下的圈套被他识破。自从有了他，我再也捕不到一只野兽。"

猎人的父亲听完愣住了，好一会儿，他给猎人出了个主意："儿子，你不要担心，世上没有人比吉尔伽美什更加强大，不管他是怪物还是野兽，哪怕他拥有强大的体魄，也没有什么好怕的，顶多是一头有智慧的野兽。这样吧，你去向我们的吉尔伽美什国王讨要一名美

---

① "分头"一词，形象地写出了猎人和恩奇都见面之后彼此都很恐惧的场面。

心有余悸（xīn yǒu yú jì）：危险的事情虽然过去了，回想起来还感到害怕。

03 恩奇都的诞生

女,让女人的魅力征服这头有智慧的野兽。"

猎人觉得父亲的话十分有道理,便动身出发了。吉尔伽美什还没有听过这么有意思的事情,立即同意了猎人的要求,他暗暗好奇这个怪物到底有没有能跟自己匹敌的力量。他对猎人说:"你父亲的主意很好,只要这个怪物被美色迷惑,远离了野兽,那么他再想回去便是不可能的了!你这就将莎玛赫带去吧,她可是整个伊什妲尔庙最漂亮、最有魅力的女人,一定会战无不胜的[1]!"

猎人听了命令,带着莎玛赫回了森林。他告诉她,怪物会在溪边出现,只要她按自己说的做,就能够将怪物引诱到城里来。

但是事情并没有那么顺利,他们在那里蹲守了两天都没有见到那个怪物。当他们的耐心快要用完的时候,恩奇都出现了。

第三天清晨,恩奇都来到溪边喝水,莎玛赫则悄悄地走了出来,她将自己的身躯展现在恩奇都面前:美丽的身躯没有一丝毛发,在太阳下散发着柔和的亮光,白皙的皮肤跟恩奇都形成了鲜明的对比。

恩奇都早已忘记了喝水,他呆呆地盯着莎玛赫。这真是世间最美丽的动物了。她比麋鹿更好看,哪怕是浑身有着五彩羽毛的鸟儿,都没有她好看[2]。这真是完美极了!恩奇都目不转睛,随着莎玛赫的步伐往前走着,痴迷的目光一直追随着她。

就这样,恩奇都寸步不离地跟随着莎玛赫。他觉得世上没有比这

[1]猎人向吉尔伽美什求助,吉尔伽美什非常乐意帮助,同时他对这个怪物也产生了好奇。
[2]恩奇都被莎玛赫的美貌迷惑了。

更快乐的事了，不愿再回去过从前野兽一般的生活了。

奇怪的是，野兽们也不再愿意同他玩耍了，它们一看到他便转头跑掉，他想追却发现自己追不上。他的身体好像没有从前那么灵敏了，这跟吉尔伽美什所说的一模一样。他只好再次回去找莎玛赫。

他觉得自己的脑子好像比之前灵光了一些，甚至开始问自己叫什么名字、从哪里来。他温柔地望向莎玛赫，希望她能够为自己解惑[①]。莎玛赫同他讲："你叫恩奇都，来自神域，你是上天降下的神人，不能跟野兽生活在一起，你是要接受臣民们顶礼膜拜的，就像乌鲁克的国王吉尔伽美什那样，他的力气跟你一样大，只有你可以跟他相提并论。"

恩奇都听完十分兴奋，非常渴望见到这位和自己一样勇武的人，但同时他也有些不服气，为什么吉尔伽美什才是乌鲁克最强壮的人呢，明明自己才是整个原野最厉害的人。他想要和吉尔伽美什决斗，看看到底谁才是世界上最厉害的人。

莎玛赫显然看出了他的野心，便继续鼓动道：

"恩奇都，你快去跟吉尔伽美什比试一番吧！让大家看看谁才是世界上最厉害的人。要知道，出生在原野上的勇士，才是真正不可战胜的！"

---

①恩奇都开始思考自己的来历，开始有了人的思维。

相提并论（xiāng tí bìng lùn）：把不同的或相差悬殊的人或事物混在一起谈论或看待。

03 恩奇都的诞生

"快走吧,恩奇都,我带你到那高墙之内去,到那穿着祭祀服的热闹的人群中去。乌鲁克城是最大、最富饶的地方,你一定会喜欢那里,城里到处是年轻的小伙子,以及像我一样美丽的女人。那里车水马龙,比这里的生活好上百倍。"她顿了顿说,"乌鲁克的国王是世界上最勇武的人,他不仅有最英俊的面庞、最尊贵的权势,而且力大如牛,我保证你没有见过跟他一样的人①!"

恩奇都似乎并不相信,表露出一些怒气,莎玛赫劝他:"嗨,恩奇都,请丢掉你的傲慢!你要知道,吉尔伽美什是众神的宠儿,他不但有强健的身躯,还有无尽的智慧。不过你不要气馁,说不定他这会儿已经在那高墙之内,梦到和你相见了呢!"

恩奇都对乌鲁克城更向往了,他开始跟着莎玛赫一起眺望城墙的方向。殊不知,墙内的吉尔伽美什同样在期待着他的到来。

天地万物相生相克,吉尔伽美什与恩奇都也是如此。他们是命中的知己,注定相遇。

---

① 莎玛赫的诱惑,让恩奇都有了跟吉尔伽美什比试一番的想法。

04 梦遇恩奇都

读懂经典文学名著，
爱读会写学知识

★ 听故事学知识
★ 跟名师精读名著
★ 名著读写方法指导

- 吉尔伽美什的两次梦境
  - 第一次梦境：梦见了一颗流星，认为这颗流星是诸神为自己打造的一个精灵，但是它很重，难以被举起，英雄们都俯身亲吻它
  - 第二次梦境：梦到乌鲁克城的中心广场上，有一把巨大的斧子，样式十分奇怪，像是神物变化而成。它的魔力让吉尔伽美什痴迷不已，他捧着它来到女神宁孙面前

- 恩奇都的经历
  - 吃人类的食物 → 融入人类的生活
  - 不满吉尔伽美什的做法 → 和他决斗
  - 与吉尔伽美什成为朋友

　　恩奇都不断成长，逐渐接受了人类的生活方式。吉尔伽美什的行为引起了恩奇都的不满，于是，两人展开了决斗。不打不相识，最后他们成了好朋友。

04 梦遇恩奇都

在乌鲁克城的宫殿中,吉尔伽美什像往常一样醒来,但是今天的他看起来格外兴奋。他先是揉了揉惺忪的睡眼,接着立马向自己母亲的宫殿跑了过去,他对着母亲说道:"亲爱的母亲,我昨晚做了一个美梦,虽然不知道它在预示着什么,但是总觉得自己心中十分欢喜。我看到自己昂首阔步地走在大街上,英雄们围绕着我。忽然,天上降下了一颗流星,一定是夜空中最闪耀的那颗,我意识到这颗星一定是诸神为我打造的一个精灵,这真是太令我兴奋了!可是它实在是太重了,连我都难以将它举起,所以整个乌鲁克城的民众都来帮助我,他们高兴地围着这块石头,英雄们也俯身亲吻它。您知道我有多高兴吗?众人合力才将它举起,而我带着它来到了您的面前,您也一样非常欢喜呢!"

说罢,他还疑惑地问自己的母亲:"这个梦也太奇怪了,您说它预示着什么呢①?"

女神宁孙温柔地笑了笑:"我亲爱的吉尔伽美什,这个梦正是天神的神谕啊,你将会拥有一位受人景仰的朋友。他是一个生长于原野的男子汉,勇敢无畏,你将和他成为最好的朋友,无人不尊重他,你已经迫不及待地想要带他来见我了。"

---

① 吉尔伽美什的梦境让他异常兴奋,为后文的发展做了铺垫。

迫不及待(pò bù jí dài):急迫得不能再等待。

太有趣了，名著！ | 图说吉尔伽美什 |

　　吉尔伽美什觉得母亲的话有道理，于是高兴地再次睡去了。这回他又做了一个梦：在乌鲁克城的中心广场上，有一把巨大的斧子。它的样式十分奇怪，像是神物变化而成的。它的魔力使得吉尔伽美什痴迷不已。他呆呆地望着它，接着小心翼翼地将它捧了起来，带到了女神宁孙的面前[①]……

　　吉尔伽美什再次找到了母亲："母亲，你说这次的梦预示着什么呢？好像更加奇怪了，看着那把斧子，我就像是看到了最美的姑娘，

①"呆呆""小心翼翼"形象地写出了吉尔伽美什对这把斧子的痴迷和珍惜。

小心翼翼（xiǎo xīn yì yì）：原形容严肃虔敬的样子，现用来形容举动十分谨慎，丝毫不敢疏忽。

04 梦遇恩奇都

心动不已。"

"傻孩子,这还是上天降下的预兆啊,你的朋友将会是一位和你一样,拥有着天生神力的勇者,你们可以一起比拼、一起玩耍,你早已迫不及待地想要把他带来见我了。"

正在吉尔伽美什为自己的梦境高兴不已的时候,另一边的恩奇都和莎玛赫也踏上了归程之路。恩奇都一无所有,甚至连一件像样的衣服都没有,莎玛赫只好将自己的裙子撕下半截给他披上。

恩奇都跟在莎玛赫后面,像一个没有见过世面的孩子,向着森林外走去。莎玛赫领着他走到了牧人的帐子里,牧人们对恩奇都的满身毛发惊奇不已,恩奇都对牧人们的食物也好奇极了。人们都在感叹他的力量,有人看到他长长的毛发,竟然不敢上前。恩奇都看到人们对他的恐惧,内心也很害怕。只有在莎玛赫的身边,他才能获得安全感[1]。

莎玛赫对恩奇都说道:"这是人类的食物,大家都喜欢吃面包和羊肉,你也尝尝吧!"恩奇都好奇地东张西望,这里的东西他一样都没有见过,美酒和羊肉的香味使他的口中不自觉地分泌出口水,他迫不及待地想要尝一尝。

他大口吞咽着,这些东西真是太美味了,他从来没有尝过这么美味的东西。莎玛赫递给他一杯酒,他疑惑地喝了下去,在尝过味道之后,便一杯接一杯地喝了起来,一连喝了七杯。

牧民们为他准备了衣衫,可是从没有穿过衣服的恩奇都怎么会

---

[1] 恩奇都对一切都很好奇,但是人们对他的恐惧也让他害怕。

太有趣了，名著！ 图说吉尔伽美什

穿这样的东西呢？只能由莎玛赫代劳了。她将动物油脂抹在他的头发上，使他的头发看起来更加有光泽，她将他打扮一新，看起来就像是一位新郎官。

众人被他伟岸的身躯和强大的体力征服了，恩奇都很快就融入了牧民中。他为牧民们驱赶了一头曾经是他最好朋友的雄狮，只为了让他的牧民兄弟睡个好觉；他又驱赶了野狼，保证了羊圈的安全①。

牧民们对他的感情更加热烈了，看着他的目光就像是在看一位盖世英雄。恩奇都也很享受这种众星捧月般的生活，他觉得自己过得快乐极了。

①恩奇都很快地适应了新环境，融入了牧民的群体。

众星捧月（zhòng xīng pěng yuè）：比喻许多人簇拥着一个人，或许多个体拥戴一个核心。

04 梦遇恩奇都

恩奇都的美名很快传遍了整个乌鲁克城，很多人慕名而来。一日，恩奇都放牧归来，一个男子神色匆匆地向他走来。

恩奇都从来没有见过他，便疑惑地问道："你为什么来这里呢？"

男子满面愁容地说道："大英雄恩奇都啊，你不知道乌鲁克城的臣民们正生活在水深火热之中，我们的国王——吉尔伽美什，他残暴不已。今日他又在城中敲响了大鼓，让臣民们为他献上一名未婚少女，他还要抢走别人的新婚妻子。"

正义的恩奇都气愤不已，他简直不敢相信有这么一位暴君的存在。他的毛发竖了起来，他想要立刻飞[1]进城中，阻止国王的恶行。

于是，莎玛赫与恩奇都整理行装，准备进城。恩奇都大步流星地走在前方，周围的人纷纷向他投去好奇的目光。他一步不停地走到了城中广场上，周围的人像看热闹一样将他围了起来："这就是城外的那个英雄！"

"你们快看！他的身材真是健美，或许真能和吉尔伽美什一战呢！"

"他或许比国王还要厉害，听说是和野兽一起长大的呢！"

众人议论纷纷，最后决定将他带到伊什妲尔神庙，因为那些被抢来的女人们都要在这里等待国王的驾临。他们想要知道与吉尔伽美什相比，恩奇都是否更加厉害。

---

[1] 一个"飞"字，形象地展现出恩奇都想要阻止国王恶行的急切心情。

太有趣了，名著！ |图说吉尔伽美什|

入夜，吉尔伽美什像往常一样来到了伊什妲尔神庙，恩奇都正在这里等着他呢！只见恩奇都趁着吉尔伽美什不备，一个箭步冲到了他的面前，直接拦住了他前进的脚步。吉尔伽美什恼怒不已："没有人敢挡我的去路！闪开！"

可是恩奇都毫不畏惧，他丝毫没有让步的打算，一场恶战在所难免。吉尔伽美什脾气暴躁，一下子揪住了恩奇都的领子，想要像击败普通人一样将他举起来。但是恩奇都怎么会跟普通人一样呢？只见他的身体灵活地向一旁闪去，吉尔伽美什诧异了一下，还没有人能够躲过他的攻击呢！于是他兴致勃勃地发起了新一轮的攻击。两个人就这样你一拳、我一脚地打了起来，周围的人没敢上前阻拦的。众人看着两人不相上下地打着，一会儿门倒了，一会儿桌子被踢飞了，局势混乱不堪，没有人敢上前劝架[①]。

两人越打越来劲，心里不约而同地想道：他怎么这么有力气！吉尔伽美什一瞬间想到了自己的美梦，这或许就是上天赐给他的那位朋友吧！

吉尔伽美什弯曲双腿，把脚支撑在地上，做出休战的样子。此时，他的满腔怒气已经消退了，站在那里累得气喘吁吁，感叹道："你就是上天赐予我的那位兄弟，来自原野上最凶猛的野兽！我们是命定的好兄弟，真是不打不相识啊！"

①详细描述了两人打斗的场面，同时也反映了两人的力量相当。

04 梦遇恩奇都

　　恩奇都见了，站在了一边，感慨道："人们都说你是一头野牛，我看你真是野牛中最强的那一头啊！我也早听说了你的美名，三分之二的神，是女神宁孙的儿子，众神赋予了你无尽的权力和智慧，天赋神力，果真如此！"

　　吉尔伽美什听了这番话，不禁有些动容，他忽然记起曾做过的那两个梦。眼前的这个人，不就是梦中的流星、梦中的神斧吗？这不就是母亲所说的——从森林深处而来的他的伙伴吗？吉尔伽美什猛地站起来，像好兄弟那样一把抱住恩奇都："你就是神赐给我的伙伴啊！"恩奇都早就被吉尔伽美什的神勇折服了，同时也认定这个人才是自己的同类。

　　两人相见恨晚，紧紧地拥抱了彼此。果真如吉尔伽美什的梦境一

太有趣了，名著! |图说吉尔伽美什|

般，他所做的第一件事，便是将自己的好兄弟介绍给母亲。

吉尔伽美什的母亲——女神宁孙十分高兴儿子找到了好友，并为他们做了见证。两人成为真正的兄弟，从此以后形影不离①。

吉尔伽美什与恩奇都之间灵魂的碰撞而产生的默契，只有他们自己能够体会。朋友难得，知己更要珍惜。珍惜自己的朋友，才能体会到友谊的乐趣。

① 吉尔伽美什和恩奇都相见恨晚，成为好友。

形影不离（xíng yǐng bù lí）：像形体和它的影子那样分不开。形容彼此关系密切，经常在一起。

05 击杀巨兽洪巴巴

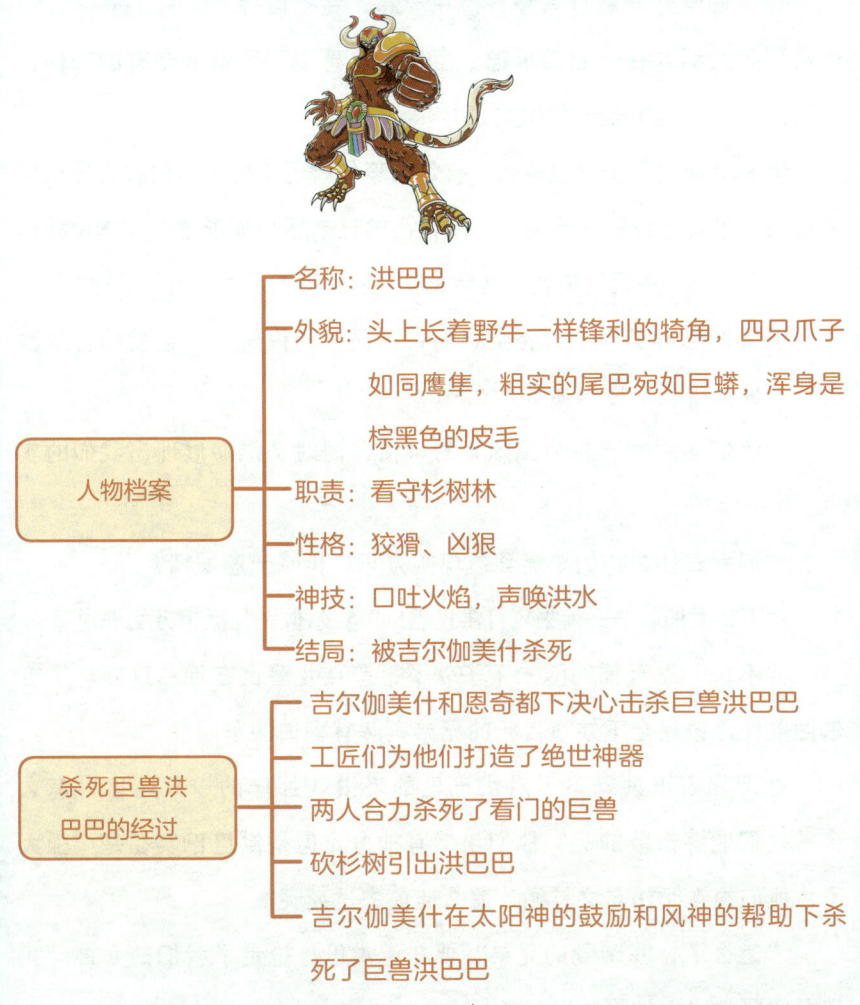

人物档案
- 名称：洪巴巴
- 外貌：头上长着野牛一样锋利的犄角，四只爪子如同鹰隼，粗实的尾巴宛如巨蟒，浑身是棕黑色的皮毛
- 职责：看守杉树林
- 性格：狡猾、凶狠
- 神技：口吐火焰，声唤洪水
- 结局：被吉尔伽美什杀死

杀死巨兽洪巴巴的经过
- 吉尔伽美什和恩奇都下决心击杀巨兽洪巴巴
- 工匠们为他们打造了绝世神器
- 两人合力杀死了看门的巨兽
- 砍杉树引出洪巴巴
- 吉尔伽美什在太阳神的鼓励和风神的帮助下杀死了巨兽洪巴巴

　　森林里住着巨兽洪巴巴，人们只要进入森林就会受到他的伤害。吉尔伽美什决定替天行道，就和恩奇都一起去森林击杀巨兽洪巴巴。历经艰险，在风神的帮助下，他们合力杀死了巨兽洪巴巴。

图说吉尔伽美什

吉尔伽美什与恩奇都整日待在一起,完全改掉了之前的恶习,他体会到了跟朋友在一起的乐趣。臣民们也感受到了前所未有的轻松,他们的国王再也不是一位暴君了[1]。

但是这样的日子没过多久,吉尔伽美什就闲不住了。他在宫殿里走来走去,想要寻找新的乐趣。他跟自己的兄弟恩奇都说道:"你说我们空有一身武力,却无处施展,这样荒废人生,是不是太不值得了呢?"

恩奇都思考了一下,完全认同自己兄弟的说法:"亲爱的吉尔伽美什,你觉得我们应该做些什么呢?"

"我们必须做一件为民除害的事情,同时又能够展现出我们的实力。"

"那到底什么样的事能够展现实力呢?再修一座城墙?"

"不,我们要——前去攻打洪巴巴!"吉尔伽美什激情万丈地说道。

"不!"恩奇都的腿一下子软了,差点儿瘫倒在地。这吓坏了吉尔伽美什,他完全不知道自己的兄弟竟然有害怕的东西[2]。

恩奇都心里只剩下了对洪巴巴的恐惧,那样的一只巨兽,怎么会是他们能够击败的呢?他们虽然有神力,但是洪巴巴实在是太强大了,他们根本无法与之抗衡,怎么能前去送死呢?

"怎么了,我亲爱的兄弟?要知道洪巴巴抢走了我们的女神,我们必须要救出女神啊!"

①简述了吉尔伽美什在恩奇都影响下的改变。臣民们的反应也从侧面表现出吉尔伽美什的变化。

②对恩奇都的动作进行了描写,从侧面衬托出洪巴巴的凶狠。

05 击杀巨兽洪巴巴

恩奇都思虑重重,好一会儿才回答道:"我知道,但是洪巴巴法力强大,多少前去解救女神的人都命丧他手。你不知道,他是奉天神之命看守杉树林的怪兽,我从前就不敢进入他的领地,只要一听见他的名字,我的身体就止不住地颤抖。"恩奇都的眼中有泪光闪现,"我是不会看着你前去送死的,我绝不同意攻打洪巴巴①!"

恩奇都的态度十分坚决,但是吉尔伽美什却显得更加有兴趣了:"我知道他的厉害,但是你为什么如此怕他呢?"

"他是天神派来的巨兽,有人类无法阻止的力量。他一张口,就会吐出漫天的大火,没有人能从他的口中逃生;他的声音能够引发洪水,瞬间淹没一片田地。我们的力量与他相比简直太弱小了,这是以卵击石啊!他所掌管的那处林地,是世界上最可怕的地方,我们甚至进不去他的禁地,何谈杀了他呢②?"

可是正义的吉尔伽美什没有因此而退缩,相反,他更加坚定了为民除害的念头。他决定前去跟洪巴巴决一死战,救出女神。

①语言和神态描写形象地写出了恩奇都对洪巴巴的恐惧,同时也写出了他对兄弟吉尔伽美什的关心。
②这里写出了洪巴巴凶残的表现和攻打洪巴巴困难的原因。

图说吉尔伽美什

但是恩奇都的态度没有丝毫的变化,他实在是太畏惧洪巴巴的力量了。吉尔伽美什劝告他:"我亲爱的兄弟,迎难而上才是真正的英雄,你我被世人称为举世无双的豪杰,就必须做出名副其实的事情,要不怎么对得起民众们的信任,又怎么对得起创造我们的神明呢?"他叹了口气,接着说道:"人固有一死,没有人能够获得永生,我们不是神明,现在的权力也只是一时的,想要被后人记住,被后人敬仰,我们必须有所建树,王权富贵不过过眼云烟,你我早该看透。真正的荣耀,生命真正的意义,是能够被后人歌颂,被祖祖辈辈奉为人间的楷模,这才是天神创造我们的意义所在啊!"

恩奇都被他的话打动了,吉尔伽美什又劝道:"你是原野上的勇士,生来就是英雄,你怎么突然变得胆怯起来?你那浑身的英雄气概被你抛到了九霄云外吗?没关系,到时我会走在你的前面,全心全意地保护你,你只需要给我呐喊助威,只要你喊着:'勇士,前进!英雄,前进!'这就可以了。"

恩奇都听他这么说,胸中也燃起了烈火:"不!兄弟,让我走在你的前面,那片森林我更熟悉,让我做你的导航!"

吉尔伽美什见恩奇都答应了,兴奋不已,立刻下令打造武器。他们此行凶险万分,因此武器必须是绝世宝物。工匠们对这两位前去解救女神的英雄崇敬不已,全心全意地打造起了兵器。他们用尽了毕生所学,锻造出了一批绝世神器——两把重达三十千克的斧子和两把锋利

05 击杀巨兽洪巴巴

的长剑以及贴身用的匕首①。

他们携带的两把斧子够大、够重、够结实；两把长剑够锋利，能一下子将人的胸膛刺穿；两人贴身用的匕首也是选用黄金制作的。可见众人对于两人此行的重视程度。

两位英雄穿戴整齐，来到了乌鲁克城的中央，吉尔伽美什又发表了一次慷慨激昂的讲话：

"亲爱的子民啊，你们的国王和他的兄弟即将踏上征程，前去击杀最凶恶的巨兽洪巴巴，解救我们的女神！我会让你们以我为豪，让你们以身为乌鲁克的臣民而自豪，我要将洪巴巴所守护的杉树砍下，挂上乌鲁克的旗帜，让吉尔伽美什的名字永载史册！"

① 吉尔伽美什和恩奇都决定击杀巨兽洪巴巴，救出女神伊什妲尔，工匠们为他们打造了绝世神器。

太有趣了，名著！ 图说吉尔伽美什

  这番演讲精彩极了，每一位乌鲁克臣民都为他们的国王感到自豪。不过长老们对这件事并不看好："真是太年轻了，他根本不知道自己的实力，做事情也不考虑后果。洪巴巴根本无人能够战胜，光是神技口吐火焰、声唤洪水便能让他死无葬身之地，更别提那个禁地有多危险了，为什么非要前去送死呢！"一声接一声的叹息弥漫在空中。

  但是吉尔伽美什并没有改变自己的主意，他想要做的事，没有人可以阻拦，哪怕是长老也不行[1]。

  于是，众人来到了乌鲁克河边，为自己即将远征的国王祈祷："诸神庇佑，愿我王早日得胜归来！"

  他们苦口婆心地劝告道："尊敬的国王，您一定要小心再小心啊！前路凶险万分，不能有一丝一毫的偏差。请您不要单打独斗，一定要跟恩奇都在一起，愿天神保佑您平安归来，请您千万记住，一定要在河中洗脚，并且让水袋装满井水，这样才能更加顺利地献祭[2]……"

  吉尔伽美什不想听这些没用的废话，他转身便跟着恩奇都一起离开了。

  他激昂高歌，将自己的雄心壮志表露于外，借此鼓舞自己前进："我是乌鲁克最强壮的勇士，没有什么能够阻止我前进的步伐。我亲爱的兄弟，我们一定会战无不胜！所向披靡！"相比而言，恩奇都就淡

[1]无论谁都阻拦不了吉尔伽美什去杀巨兽洪巴巴的决心。
[2]以上两段写出了乌鲁克臣民对他们的国王在临行前的劝慰和祈祷。

所向披靡（suǒ xiàng pī mǐ）：比喻力量所到之处，一切障碍全被扫除。

05 击杀巨兽洪巴巴

然许多。他一路上小心翼翼,仔细地观察着周围的环境。他虽然不害怕,但是坚信仔细一些不会出错①。

杉树林离乌鲁克的距离还是非常远的,即使是一位健壮的青年男子,也要走上一个半月,但是吉尔伽美什和恩奇都只走了三天便到了杉树林的边缘。他们走走停停,保持充沛的体力,丝毫没有耽误行程。

这片巨大的杉树林年岁已久,树木参天,这样高大的树是他们从来没有见过的,但据说洪巴巴一口气能吹倒一片,恩奇都有些紧张了。

他们小心翼翼地前进着,终于找到了这片杉树林的入口。在两棵杉树间,有一个小门,门口的守卫者是一只巨大的怪物。他的皮肤粗糙极了,发出奇怪的光芒,两只眼睛就像火炬一样,口中吐出的气息能直接把人灼伤。

吉尔伽美什从来没有见过洪巴巴,便理所当然地认为眼前这个巨大的怪物正是洪巴巴,但是恩奇都却说道:"并不是,洪巴巴比他厉害多了,他只是一个普通的哨兵,洪巴巴手下的一个仆人。"

吉尔伽美什惊呆了。他毕竟没有见过真正的怪物,所有他能够打败的不过是寻常的野兽罢了,他哪里见过这样的怪物呢?"这也太可

---

①这里写出了吉尔伽美什的勇敢无畏和恩奇都的小心谨慎,突出了两人不同的个性特征。

怕了，我们怎能敌得过他呢？他可是一头不折不扣的怪物啊[2]！"吉尔伽美什说道。

"亲爱的吉尔伽美什，你千万不能退缩啊，你忘记了自己刚刚的誓言吗？这点儿困难算不了什么的！请你相信自己是神的血脉。"

吉尔伽美什被恩奇都的话鼓舞了，是啊，他是世界上最勇武的人呢，他是不能退缩的。他高呼道："让我们一起去杀死那个怪物吧！"

恩奇都开始套上自己的铠甲。他一下子套了六层，吉尔伽美什却阻止道："快把铠甲脱掉，只要一层就够了，太多会阻碍我们的行动。一会儿你从左边冲上去，我从右边冲上去，一起杀了他！"

只见他们一同向前冲去，势不可当。那只巨兽被突然冲出的两人吓了一哆嗦，被激怒了！巨兽身体后仰，想要借冲力将两人顶翻在地。巨兽一声怒吼，将整个杉树林的叶子都震掉了，要是常人早就害怕得不知所措。但是吉尔伽美什足够勇敢，直接冲上前去，将巨斧抵在了巨兽的头上。巨兽只好害怕地往后仰，而恩奇都趁机用巨剑插入了他的心脏。就这样，两人合力杀死了看门的巨兽。

等到那个庞然大物倒在吉尔伽美什脚下的时候，他才知道原来看起来厉害无比的巨兽只是一个绣花枕头，这使得吉尔伽美什的勇气再

① 吉尔伽美什看到洪巴巴手下的一个仆人都这样厉害，顿时想要退缩。

不折不扣（bù zhé bù kòu）：不打折扣，表示完全、十足、彻底。

05 击杀巨兽洪巴巴

次增加了[1]。

而恩奇都却没有丝毫的高兴。他似乎记得这里的某个地方是有魔咒的,那个魔咒极为强悍,但是具体位置他并不清楚。

当他一脚踩进大门时,才恍然发现,那个所谓的魔咒,正在他们的脚下,此时他已经没有半分力量了:"吉尔伽美什,不能进来!这里有魔咒!"

但是吉尔伽美什丝毫没有害怕,他直接跨了进来,将自己的手放在了恩奇都的肩上,想要给他自己的勇气和力量。

这一举动竟然成功了!吉尔伽美什没有被魔咒所影响,他将自己的勇气和力量分享给了恩奇都。不一会儿恩奇都便缓了过来,意识到团结的力量,更加敬佩自己的兄弟——吉尔伽美什的勇气。两人相互搀扶着,走进了杉树林[2]。

通往杉树林深处的路跟他们想象的并不一样,他们本以为这里应该是荆棘丛生、陷阱满地,但是正好相反,这里道路宽阔、景色宜人,树叶的清香使他们舒适不已,地上的草丛软绵绵的,使他们的心情也好了很多。若不是吉尔伽美什极目远眺,看到了那山头上囚禁女神伊什妲尔的神庙,他都要把这里当作天堂与人间相接的地方了。

他们加快了脚步,希望在天黑之前能够到达山脚,那样他们就能好好地歇上一会儿。当落日的余晖洒在他们头顶之时,两人到达了山脚

[1] 吉尔伽美什和恩奇都合力杀死了看门的巨兽,勇气再次增加,这里体现了吉尔伽美什的心理变化。
[2] 吉尔伽美什和恩奇都意识到了团结的重要性。

下,和衣而卧,枕斧而眠。不一会儿,疲惫不堪的吉尔伽美什便进入了梦乡,但是谨慎的恩奇都却没有同吉尔伽美什一样安然入睡;相反,他一直注视着周围的环境,似乎预感到有什么不好的事情将要发生。

正在恩奇都小心翼翼地观察时,吉尔伽美什已经醒来了:"亲爱的兄弟,你为何不睡呢?我刚刚做了一个奇怪的梦,梦到一座巨大的山倒在了我们面前,尘埃漫天,我们在这倒塌的山面前渺小得仿佛是一只小虫。"

恩奇都劝慰道:"不要担心,继续睡吧,这是神谕啊!我们一定会战胜洪巴巴,他就是那座在你面前轰然倒下的巨山。明日还有一场恶战,你一定要好好休息一下。"说着,就让吉尔伽美什继续睡觉,他也跟着睡下了。

但是没过一会儿,吉尔伽美什又醒了,他对恩奇都说道:"不过这么一会儿,我又做了一个梦,梦见自己杀死了一只想要攻击我的野牛,它的体型可真庞大啊!"

05 击杀巨兽洪巴巴

恩奇都再次劝慰他:"这也是神谕,你一定能够杀死洪巴巴的,快休息吧!"

吉尔伽美什感到十分不平,为什么自己的兄弟恩奇都不做梦呢?于是他暗暗祷告:"请为我的兄弟赐一个梦境吧!"

但是好像这个祷告并没有什么作用,恩奇都不一会儿又被吉尔伽美什叫醒了:"我又做了第三个梦,梦中更加可怕了。天空中电闪雷鸣,大地颤抖,太阳不见踪影,乌云蔽日,四周一片黑暗,我根本看不清眼前发生的事物,然后又下了一阵雨,那雨太大了,倾盆而下,可是没有一会儿,大地恢复了平静,万物蒙尘①。"

"亲爱的兄弟,你说的正是太阳神沙玛什给我们的预兆啊,他将会守护着我们,我们一定能获得这场战争的胜利,洪巴巴就像那尘

---

①吉尔伽美什的每一个梦都能梦见一个好的结果。

太有趣了，名著！ 图说吉尔伽美什

埃，总会消失的①。"

吉尔伽美什恢复了体力，两人准备进行最后的战役。他们开始向巨山进发。洪巴巴住在半山腰上，要想找到他并不容易，必须想到一个好法子，让他自己出来，才能将他一击致命。

聪明的恩奇都早就想好了办法："洪巴巴的职责就是保护杉树林，如果我们破坏一棵杉树，那么洪巴巴一定会出现，这样才能引蛇出洞，打败洪巴巴。"吉尔伽美什也认为这是个好办法，因此他提起巨斧，向一棵杉树砍去。只听见"咔嚓"一声，一棵杉树应声而倒，激荡起了无数尘埃，恩奇都也跟着砍倒了一棵。于是，一棵又一棵杉树倒下了。

这一举动果然激怒了洪巴巴，他怒吼着冲到了两人面前："是哪个不要命的，竟然敢在我的地盘兴风作浪！"惊天动地的巨吼声将两人吓得一激灵，赶紧停止了砍树。

吉尔伽美什和恩奇都抬起了头，望着声音的来向：只见一个头上长着野牛一样锋利的犄角，四只爪子如同鹰隼，粗实的尾巴宛如巨蟒，浑身棕黑色的皮毛似乎刀枪不入的怪物向他们冲了过来。他的鼻腔里不断喷散出炙热的气焰，隔着好远的距离都能感受到他身上散发

①恩奇都鼓励吉尔伽美什，他们一定可以战胜巨兽洪巴巴。

炙热（zhì rè）：像火烤一样的热，形容极热。

05 击杀巨兽洪巴巴

出的热气①。

两人惊呆了,这样的怪物怎么是他们能够征服的?他们终于意识到长老们的话并没有错。

正在两人准备退却之时,太阳神沙玛什出现在了天空中:"勇士们,千万不要害怕,你们只要用尽全力,就一定能够将他杀死!我会一直保佑你们的!"

吉尔伽美什听到太阳神沙玛什的鼓励,便喜极而泣地说:"沙玛什,我伟大的太阳神,我是顺从你的旨意来除掉洪巴巴的,你为我指引了道路,我祈求你,为我助威呐喊!"

沙玛什听到祷告,派来风神助他一臂之力。风神使尽浑身解数,刮出了八种风:暴风、寒风、海风、热风,以及从东、南、西、北吹来的风。刹那间,宁静的杉树林变成了冷酷的战场,洪巴巴被飓风吹得睁不开眼睛②。

就在此时,吉尔伽美什迎着洪巴巴的方向冲了过去。他跳到了洪巴巴的脖子上,揪着他的毛发,准备用巨斧划破他的喉咙。

但是洪巴巴极为狡猾,他对着吉尔伽美什求饶道:"请不要杀我,我本意不是如此的,请再给我一次机会,我将会献上杉树林最年长的树木,给您建造一座最豪华的宫殿。"

吉尔伽美什听到洪巴巴的求饶迟疑了一下,有些动摇了。他正在想着有什么办法可以向众人展示自己的能力呢,这或许是一个好办法!

①对巨兽洪巴巴的外貌描写,体现出了他的巨大、壮实、厉害等特点。
②吉尔伽美什得到了太阳神的鼓励和风神的帮助。

图说吉尔伽美什

但是恩奇都太了解这只狡猾的怪兽了,喊道:"请不要相信他的话,他是个不折不扣的骗子。放虎归山只会后患无穷!吉尔伽美什,快点儿杀了他!"

恩奇都的话让吉尔伽美什意识到自己被怪兽迷惑了。他斩钉截铁地一斧砍下了洪巴巴的头颅,觉得不解恨,又用巨剑捅了几下,保证他不会死而复生。

他们趁热打铁,准备除去森林里的众多小妖,为民除害。恩奇都对这里非常了解,说:"洪巴巴有一个非常要好的朋友,他是一只巨鸟,平时作恶多端,我们不如将他一同杀死,斩草除根!"

于是两人在森林里转了一圈,杀死了巨鸟,又将他的雏鸟一并杀死,终于解除了祸患。

成功击杀了洪巴巴的吉尔伽美什和恩奇都朝着囚禁女神伊什妲尔的神庙走去。杉树林里除了一片被砍倒的杉树静静地躺着,看不出有任何人来过的痕迹,更别提这里发生过一场恶战了。世界重归安宁。

吉尔伽美什是真正的勇者。他不畏危险,不惧艰辛,尽管知道自己面临生死的考验,但为了自己的梦想,他义无反顾地踏上了征程。在路途中,吉尔伽美什与恩奇都相互鼓励,相互扶持,终于打败了巨兽,成就了传奇。

- 趁热打铁(chèn rè dǎ tiě):比喻做事抓紧时机,加速进行。

06 女神降临的噩梦

读懂经典文学名著,
爱读会写学知识
★ 听故事学知识
★ 跟名师精读名著
★ 名著读写方法指导

人物档案
- 名称：伊什妲尔
- 身份：天神安的女儿
- 性格：贪婪、自私
- 遭遇：被巨兽洪巴巴禁锢在杉树林

吉尔伽美什与伊什妲尔的相遇
- 吉尔伽美什杀死凶兽
- 女神爱上了吉尔伽美什并向他求婚
- 吉尔伽美什知道了女神前两任丈夫的事情
- 吉尔伽美什拒绝了女神，女神恼羞成怒

　　吉尔伽美什是如此耀眼、如此强大，女神伊什妲尔就这样爱上了吉尔伽美什。但当她向完美的王者吉尔伽美什求婚的时候，却遭到了吉尔伽美什的拒绝。伊什妲尔被吉尔伽美什的指责所激怒。

太有趣了，名著！ 图说吉尔伽美什

站在高山之上的女神伊什妲尔早[1]就看到了吉尔伽美什的勇武不凡，瞧着两人正在往山上走来，便满心欢喜地去迎接他们。

两位英雄浑身沾满了泥土灰尘，但是眼睛炯炯有神。散乱的头发、褴褛的衣衫，丝毫盖不住他们身上散发出的光芒。

"亲爱的勇士们，感谢你们不远万里前来解救，就请我的仆人带你们先去洗漱，好好休息一下吧。"

吉尔伽美什和恩奇都没有推辞，两人换下了旧衣服，洗了澡。吉尔伽美什将王冠戴回了头顶，只见一位年轻俊俏、英武不凡的国王站在了女神面前。恩奇都梳理了毛发，使它们重新焕发光泽。

女神早就被吉尔伽美什英俊的面庞所征服了。宴席上，她不停地给吉尔伽美什倒酒，直到他微醺，女神趁机说道："年轻英俊的国王啊，您真是勇武不凡，我一见到您心脏便不停地跳动，我想这一定是爱慕吧。现在您打败了洪巴巴，更是大功一件，这正好可以作为我的聘礼。我是父亲最宠爱的女儿，我发誓，如果您娶了我，一定会成为世界上最高贵的人，我将会带着自己的嫁妆——一辆全黄金打造的战车，一同到您的府邸，哦不，我们将会住在杉树林里，在这里建造一座最豪华的宫殿，让所有的国王前来朝见，送来自己国家最珍贵的

---

[1] 一个"早"字，形象地写出了女神伊什妲尔看到吉尔伽美什后的欣喜，为下文的求婚做铺垫。

炯炯有神（jiǒng jiǒng yǒu shén）：形容人的眼睛发亮，很有精神。
褴褛（lán lǚ）：（衣服）破烂。

06 女神降临的噩梦

宝物。在这里,所有的王宫贵族会像最忠诚的奴隶一般匍匐在您的脚下,您想想,这将多么美好啊!"

看着有所动摇的吉尔伽美什,女神继续诱惑道:"对了,我可是父亲——天神安最喜爱的女儿,世上最美丽的女人,我可以向您保证,如果您娶了我,我可以让您的国家更加富饶,让您的土地更加肥沃,让绵羊产量更高,还有让马日行千里,您可以随时去到任何您想去的地方。您觉得我的想法如何①?"

吉尔伽美什有些犹豫,看向自己的兄弟恩奇都。恩奇都看上去并没有被女神的话所打动,正在拼命给吉尔伽美什使眼色,而默契十足的吉尔伽美什怎么会不明白自己兄弟的意思呢!于是,他向女神说道:"您的好意我当然明白,可是您的身份太过尊贵,就算是我击杀了洪巴巴,也不足以配得上您的身份;我的衣着不够华美,跟您相比简直是云泥之别;我的容貌也配不上您,您太美了,我这样的外表只能给您抹黑啊。您还是再考虑一番,怕是您已经喝醉了,我也有些醉了,要不我们等到醒来再讨论这个问题②?"

不等伊什妲尔再开口,恩奇都就扶着自己的兄弟离开了宴席。

等回到了寝殿,吉尔伽美什便迫不及待地问恩奇都:"你刚刚为何阻止我?难道是女神的许诺不够诱人吗?还是你觉得我们不合适?"

①女神伊什妲尔被吉尔伽美什英俊的面庞征服了。她带着丰厚的嫁妆,向他求婚。
②吉尔伽美什委婉地拒绝了女神伊什妲尔的求婚。

"都不是，我亲爱的兄弟，你一定不知道这位美丽智慧的女神是怎么对待她的旧情人的，若是你知道了，一定不会同意她的求婚的。"恩奇都将自己知道的关于这位女神的事都告诉了吉尔伽美什。果然，得知真相的吉尔伽美什十分愤怒，决定第二天直接拒绝女神的求婚。

一夜很快过去了。第二天一早，女神伊什妲尔便梳妆打扮，穿上了最美的纱衣、天蚕丝裙子，又为自己化了一个完美的妆容，温柔而妩媚地等待着吉尔伽美什的答复①。

不过令她意想不到的是，吉尔伽美什穿着刚来时的袍子，手中握着佩剑，一副即将远行的样子。"你这是要去哪里呢？我们的婚礼还没有举行呢！"她急忙②上前挽住了吉尔伽美什的手臂。

吉尔伽美什没有她想象中温柔的模样，相反，他冷冷地拂开了女神的手："你怎么配做我的妻子？你就是那冷却的破炉灶、年久失修的门窗、漏着水的旧水壶、不合脚的鞋子，还想让我娶你！"

原本满脸温柔的女神一下子暴怒了起来："你为何要如此侮辱我？你以为你是谁！"

"我并不是谁！但是我绝不会娶你，你就死了这条心吧！"

女神恼羞成怒："你为何突然这样，是不是别人说了我什么坏

①女神伊什妲尔认为吉尔伽美什一定会答应娶自己，于是满心欢喜地梳妆打扮，等待他的答复。
②"急忙"一词写出了女神伊什妲尔内心的不安，她没有想到吉尔伽美什会拒绝自己。

06 女神降临的噩梦

话?"

"呵,你的旧情人是怎么死的,难道你心里不清楚吗?还用我一个一个说出来吗?"

女神愣住了。她像是不敢相信似的,紧紧地盯着吉尔伽美什[1]。

"好,你不承认,那就让我提醒提醒你。你的第一任丈夫——坦姆斯,植物之神,他是怎么死的呢?"

伊什妲尔当然知道,她的脸白了又红,似乎回忆起了自己那可怜的第一位丈夫……

那时她的年纪尚小,太阳神沙玛什对她说道:"我亲爱的妹妹,你是世界上最美丽的公主,你马上要成年了,就像田野里即将成熟的麦子,正等待着合适的人来收割呢。"他顿了一下,看着自己妹妹红了的脸,继续说道:"哥哥早已为你挑好了人选——植物之神坦姆斯,你觉得怎么样?"

伊什妲尔的脸色一下子暗了下去,说:"我不要,哥哥,你看他那个粗鲁的样子,我才不要嫁给这样的人呢!"

[1] "愣住""紧紧地盯着"写出了女神对吉尔伽美什所知道的事情感到出乎意料和震惊。

太有趣了，名著！ |图说吉尔伽美什|

坦姆斯听说之后十分伤心，为什么自己会成为伊什妲尔口中粗鲁的人呢？只是因为自己整日挥舞着鞭子，跟牛羊为伍吗？他决定找个机会为自己辩解一下。

在一个月夜，伊什妲尔正迎着月光跳舞，坦姆斯出现在了她的身后。他突然上前，握住了女神软若无骨的小手，对着女神说道："您可真是误会我了，虽然我是掌管植物之神，经常与自然之物打交道，但是我对于女神的仰慕之心绝对是真的，您能否跟我跳一支舞？"

伊什妲尔羞涩无比，只想抽回自己的手，但是坦姆斯并不愿放手。看着眼前男子英俊的面庞、温柔的眼神和挺拔的身躯，女神的脸一下子便红透了，她只好点了点头。

接下来，男子用充满磁性的声音低沉地为她唱着独一无二的歌曲，就像最精致的琴发出的声音。看着女神美丽的脸，坦姆斯温柔地说道："我对您心仪已久，希望您能够接受我的爱，您的一颦一笑都是我最致命的毒药，若是您愿意嫁给我，我一定会给您享用不尽的牛奶、吃不完的面包，您要的一切我都会捧到您的面前，请您接受我吧！"

女神含羞带怯地答应了，这场婚事就这么定了下来[1]。日子一天天过去，三年之后，女神对本本分分的坦姆斯充满了不满。尽管这个温柔的男子每天清晨都会为她准备可口的饭菜、新鲜的牛奶，但是这样的平静生活根本不是伊什妲尔想要的。

[1]女神终于被坦姆斯的温柔征服了。

06 女神降临的噩梦

为了刺激,她偷偷地潜入了地下世界。她的姐姐掌管着整个地下王国,她想,若是能够和姐姐决一死战,她一定能够统治整个地下王国。她穿上了战袍,戴上了王冠,前去地宫。但是地下王国戒备森严,外人是不能够带着武器进入的,当这位女神进入宫殿时,已经只剩下一件蔽体的衣物了。

她对着守门人说道:"我是艾莉什伽尔的妹妹,这次是前来看望她的,希望你们能够替我通报一声。"艾莉什伽尔早已看破了她的诡计,因此呵斥道:"我的妹妹怎么会来此?不要狡辩了,带她到审判之庭接受惩罚吧!"

连姐姐一面都没有见到的伊什妲尔直接被人带到了审判之庭。审判者们天生带有识别谎言的能力,因此,她的谎言一下子就被戳穿了,地下王国判处了她死刑。

变成了亡魂的女神再也不能活着回去见自己的丈夫了,另一边,关心着女神的坦姆斯知道女神被困地宫,便急忙禀告了天神安。天神安一向偏爱小女儿,因此二话不说便派了信使前往解救女儿,而地下王国的女王像是不知道这件事一样,她惊恐地望着来人,装出了一副宽宏大量的样子:"谁叫她是我的妹妹呢!我也只能原谅她了,可是这个世界的规则便是一命换一命,必须有人替她偿命,等这人的灵魂到了,我自然会亲自送妹妹走出地下王国。"

伊什妲尔思前想后,还是没有想到有谁能够替她去死。她身边的人劝她:"您有众多的侍卫、仆人,不论是谁都会非常乐意替您解决这件事的。"

但是伊什妲尔并不这么考虑,她最终决定让她平庸无奇的丈夫替

太有趣了，名著！ 图说吉尔伽美什

她做这件事。坦姆斯听说之后，还没有来得及逃跑便被地狱的鬼差打死了，他的灵魂换回了女神的命①。

伊什妲尔想起了自己的所作所为，不禁羞愧地看着面前的人。但是吉尔伽美什却无动于衷，他冷冷地看着女神，接着说道："你的丈夫为了你能够吃饱穿暖，整日辛苦劳作，而你呢，亲手将他推向了地狱，你的心可真够硬的啊！对了，你还记不记得你的第二任丈夫，那位牧神伊什拉怒呢②？"

伊什拉怒是她父亲的守卫，一直暗恋着美丽的伊什妲尔，为她送上了一筐又一筐的椰枣，而她却从来没有在意过他。直到有一天，心血来潮的女神看到了这位痴情的小伙子，便打算好好戏弄他一下。

"你过来搂住我的腰。"女神说道。伊什拉怒觉得自己出现了幻觉，难道女神真的看到了自己？他高兴地上前按照女神的话做了，但是这位不近人情的女神却趁机将他掀翻在地："你高兴什么，我只是试试你的力量罢了！"

小伙子有些不悦，但是没有说什么，女神继续说道："你跟我到寝殿来吧，我会好好对待你的。"

伊什拉怒不知道女神的意图，只能随她一起来到了寝宫。谁知道，女神既没有给他美味的佳肴，也没有为他准备舒适的卧房。这一

①以上内容是女神伊什妲尔对第一任丈夫的回忆，突出了她的无情。
②过渡段。吉尔伽美什的话引出了女神对第二任丈夫的回忆。

无动于衷（wú dòng yú zhōng）：心里一点儿不受感动，一点儿也不动心。指对令人感动或应该关注的事情毫无反应或漠不关心。

06 女神降临的噩梦

切都是女神的谎言。他向女神抱怨她的所作所为,谁知女神恼羞成怒,直接将他变作了一只鼹鼠,放在寝宫里玩耍,用竹条捅他,最后弄得他遍体鳞伤[1]。

"我若是当了你的丈夫,你是想要我有跟他们一样的下场,还是比他们更惨的下场?"

"你就是一个诡计多端的恶毒女人,我是不会上你的当的,你就死了这条心吧[2]!"

女神更加生气了,她从来没有被人当众揭过短。于是,她指着他们喊:"你们等着,我是绝对不会放过你们的!"

但是吉尔伽美什和恩奇都并没有把女神的话放在心上,他们一心想回到乌鲁克去。恩奇都扛着自己砍倒的那棵杉树,和吉尔伽美什一起向着乌鲁克的方向出发了。

自私贪婪的人,总想凭借别人的力量得到一切,这注定是无果的。要想获得自己想要的成果,就需要付出艰辛的努力,就像吉尔伽美什一样,他凭借自己的能力获得了应有的声望。

①女神伊什妲尔诡计多端,把爱慕自己的人变成了一只鼹鼠,再次表现出她的无情。
②吉尔伽美什当场指责女神伊什妲尔,为女神的报复做了铺垫。

07 天牛之祸

- 角色档案
  - 名称：天牛
  - 制造者：天神安
  - 特点：力大无比
  - 脆弱之处：鼻子
  - 作用：报复吉尔伽美什

- 天牛之祸
  - 天神安在伊什妲尔的威胁下制造了天牛，把它放到了乌鲁克来报复吉尔伽美什
  - 腹中空空的天牛一口气吃掉三百多人
  - 恩奇都和吉尔伽美什合力杀死了天牛
  - 人们把吉尔伽美什和恩奇都当成了英雄

　　女神遭到吉尔伽美什的拒绝后，让自己的父亲制造了一头力大无比的天牛，想让它踩死吉尔伽美什，结果天牛反而被吉尔伽美什和恩奇都杀死。

07 天牛之祸

得胜归来的吉尔伽美什高兴万分,他的脚步轻快,与自己的兄弟恩奇都有说有笑地往乌鲁克城走去,殊不知一场巨大的灾祸正在等着他们。

女神果然找到了自己的父亲。她哭得楚楚可怜,向自己的父亲诉说着吉尔伽美什的过错:"亲爱的父亲,你不知道吉尔伽美什做了什么,他简直没有将神灵放在眼里,他不仅在众人面前讲述我的私生活,还直接拒绝了我的求婚。你一定要为我做主啊[1]!"

天神安一向对自己的女儿甚为娇纵,一听到女儿受了委屈,他十分生气。不过想到自己女儿情人众多,他便劝说道:"你又不是非要吉尔伽美什不可,他不愿意就算了吧!"

"不,亲爱的父亲,这已经不是放弃不放弃的问题了,而是我的颜面扫地,还有谁会信服我啊!你一定要为我报仇啊[2]!"

女神向父亲提出自己的要求:制造一头力大无比的天牛,将它放在人间,踩死驳了她颜面的吉尔伽美什。

天神起初并不同意,但是女儿威胁道,若是不放天牛,她便直接将地狱之门打开,亲自放出恶鬼来祸害人间。天神没有办法,只好造

---

[1] 女神伊什妲尔遭到吉尔伽美什的拒绝后,添油加醋地向自己的父亲诉苦。
[2] 女神不听父亲的劝告,一心要向吉尔伽美什报仇,为下文天牛危害人间埋下了伏笔。

娇纵(jiāo zòng):娇惯放纵。

了一头力大无比的天牛,将它放在了乌鲁克城[2]。

这时的乌鲁克城还沉浸在英雄归来的兴奋之中,万众狂欢,臣民们前来为国王接风,而吉尔伽美什如同当年登上王座之时一样威风,他身后拖着洪巴巴的头颅,证明了自己的誓言。臣民们一哄而上,将他们的英雄高高地抛到空中。这时,正在享受着万民崇敬的吉尔伽美什看到了自己的仇人——伊什妲尔,她带着一头巨大的天牛朝着自己飞来。

吉尔伽美什当机立断,命令所有臣民退入城中。但是情况太紧急,天牛来势汹汹,它刚被创造出来,腹中空空,一个劲儿地往人群里冲,一口气吃了三百多个人,接着朝吉尔伽美什冲过来。

恩奇都看到情况不对,趁乱骑到了天牛身上,用自己的双手握住

① "不放天牛,就放出恶鬼"来为害人间,表现了女神伊什妲尔的自私和残忍。

当机立断(dāng jī lì duàn):抓住时机,立刻决断。

07 天牛之祸

了它的犄角,向两边掰开。天牛一下子惊住了,它显然没有料到会有这么一个比自己还要厉害的人在此,于是开始疯狂地甩动身体,想要将恩奇都摔落。恩奇都紧紧地抓着它,冲着吉尔伽美什喊道:"动作快点儿,用巨剑刺向它的鼻子!"

吉尔伽美什与恩奇都之间默契十足。只见吉尔伽美什一剑刺中了天牛的鼻子,那是天牛身上最脆弱的地方。不一会儿,刚刚还暴躁不已的天牛便躺倒在地,没了呼吸①。

人潮涌动,众人都看到了吉尔伽美什杀死天牛的场面,大家被这样的国王震撼了,纷纷上前帮助他宰杀天牛。而天牛的主人——女神伊什妲尔正站在高墙之上,气愤地看着这一幕。她冲着吉尔伽美什喊道:"你不仅侮辱我,还杀死了天神的天牛,我是不会放过你的!"

恩奇都听了女神的话,也显得十分生气,他回道:"若是让众人看到了他们女神的所作所为,你觉得他们还会将你视作神明吗?"说完,他将天牛的牛腿朝着女神的方向扔了过去,幸好女神反应快,急忙避开了,要不然一定会被它砸到的。

伊什妲尔觉得自己颜面尽失,于是带着那条牛腿回了神殿。她整日坐在神殿,对着自己的宫人发脾气②。

而胜利者——吉尔伽美什,他将天牛的心脏献给了太阳神沙玛

①吉尔伽美什和恩奇都合作,杀死了作恶的天牛。
②女神伊什妲尔不但没有杀死吉尔伽美什,还损失了天牛,觉得颜面尽失。

默契(mò qì):双方的意思没有明白说出而彼此有一致的了解。
震撼(zhèn hàn):震动;摇撼。

太有趣了，名著！ 图说吉尔伽美什

什，又召集能工巧匠，准备将天牛物尽其用。没过多长时间，天牛的牛角就被做成了精美的灯饰，油脂也被用在了神庙的灯油中。

沐浴过后的吉尔伽美什与恩奇都一起前往庆祝大典，这是专门为两位英雄所设的宴会，两人像平时一样走在乌鲁克的街上，接受着周围人的顶礼膜拜。路旁的人欢呼着，用崇敬的眼神看着他们的国王和英雄。

一会儿，一辆用鲜花装饰的马车缓缓驶来，吉尔伽美什与恩奇都一同上去，两个人站在车上与众人挥手，马车的后面是乐队，前面是身穿盛装、欢快跳舞的少女，所有人都快乐极了。

吉尔伽美什向民众发问："谁才是乌鲁克城最英勇的勇士？"

臣民们齐声回答："您，您是诸位英雄中最英勇的！"

吉尔伽美什又问道："那谁又是真正的豪杰呢？"

物尽其用（wù jìn qí yòng）：尽量发挥出各种东西的效用。指不浪费一点儿东西。

沐浴（mù yù）：洗澡。

07 天牛之祸

臣民们再次齐声回答:"恩奇都是真正的豪杰!"

吉尔伽美什又用自己的声音回答了一遍:"我与我的兄弟——恩奇都都是世上的豪杰!都是乌鲁克的英雄①!"

这天的典礼盛大极了,每一个人都尽兴而归,吉尔伽美什与恩奇都也十分高兴。不过由于连日来太过疲惫,他们需要一个长长的睡眠恢复精神。两位英雄的脑袋刚沾到枕头,就进入了梦乡。

在梦中,吉尔伽美什还在与臣民们一起狂欢,而恩奇都却做了奇怪的噩梦②。

吉尔伽美什身上所体现出来的正义与勇气,以及敢于反抗、与命运做斗争的精神,能够推人前进,有助于更好地实现人生价值。

①详细描写了乌鲁克城臣民为吉尔伽美什和恩奇都举行的庆祝大典的盛况,表现出人们对两人的崇敬。
②照应上文,引出以后的故事。

08 恩奇都的陨落

众神密谋
- 相关人物：天神安、太阳神沙玛什、神殿管理者恩利尔
- 密谋原因：吉尔伽美什和恩奇都杀死了洪巴巴，毁坏了杉树林
- 密谋结果：杀死恩奇都，让吉尔伽美什痛苦一生

恩奇都去世
- 恩奇都病倒，身体一天天衰弱
- 恩奇都离开人世，吉尔伽美什痛不欲生

　　众神恼怒吉尔伽美什和恩奇都杀死了洪巴巴，毁坏了杉树林，决定惩罚他们中的一人，最后选择了恩奇都。于是，恩奇都病倒了，他的的身体一天天地衰弱，最后离开了人世。

08 恩奇都的陨落

恩奇都的梦很古怪,等他从梦中惊醒,整个人还是浑浑噩噩的。他坐在床边目光呆滞,而吉尔伽美什却是一觉到天明,一醒来就见到了坐在床边发呆的恩奇都[①]。

吉尔伽美什还没见过这个样子的兄弟,他将自己的枕头朝他的兄弟扔去:"嘿,兄弟,你在想什么呢?这么入迷。"

恩奇都醒了醒神,开始讲述自己的梦境,并试探着对吉尔伽美什说道:"你觉不觉得,不论是我们攻打洪巴巴,还是天神安派下天牛,这都只是诸神的游戏,我们不过是他们的一个玩具罢了。"

吉尔伽美什也陷入了深思。

恩奇都开始讲述自己的梦:诸神之会上,天神安、太阳神沙玛什、神殿管理者恩利尔各坐一角,正在商讨着杉树林事件。

最先开口的是天神安:"洪巴巴作为杉树林的看守者,是神意的代表,杉树林又是极为重要的领地,不能任由人类践踏。"

恩利尔附和道:"那这件事就好办了,吉尔伽美什和恩奇都,两人之中挑选一个人来承担责任好了。你们认为该要谁的命?"

天神安说留下吉尔伽美什,因为砍倒杉树林的主意是恩奇都想出来的。

但是太阳神沙玛什不同意,作为恩奇都的创造者,他花费了大量心血,再加上杉树林之行他也帮了忙。可他还未开口就被恩利尔驳回了:"这都是你引起的,神不该干预人的事,没问你的罪就算不错了!"

[①]恩奇都被噩梦惊醒,思考着梦境。

图说吉尔伽美什

沙玛什听了这话,也不敢再辩解,谁叫恩利尔是神殿的主人呢!神的处罚便是杀死恩奇都,让他的兄弟吉尔伽美什痛苦一生[1]。

吉尔伽美什听完了恩奇都的梦境,觉得这只是兄弟多虑了。但是可怕的事情发生了,恩奇都竟然真的病倒了。

从前那个驰骋草原的健壮男子,病来如山倒,一下子失去了原有的精神。吉尔伽美什寻遍了名医也没有找到能治好他的病的人。吉尔伽美什心慌意乱,但是他不能告诉自己的兄弟。他每日陪在恩奇都的身边,安慰他不会有事。

可是恩奇都十分清楚自己的身体状况,他的毛发一天一天减少,从前英俊的模样再也不见了。他将自己关[2]在宫殿内,不想让兄弟吉尔伽美什知道自己的病情。

恩奇都躺在床上,已经失去走路的力气了。他睁着眼睛看着门,觉得自己的命运正跟这扇门一样。从前,他可以自由地奔跑在田野上,可以跟野兽嬉戏,可以在河中洗澡,就如同这扇门的材料——幼发拉底河边的木头,从前一样地自由,现在却一样地不自由。

他情不自禁地想着,若是从来没有来过乌鲁克城该多好,若是做

---

[1]诸神的讨论,表现出他们对人类的蔑视。
[2]一个"关"字,生动地表现了恩奇都病情的严重和害怕自己兄弟担心的心情。

驰骋(chí chěng):奔驰。
心慌意乱(xīn huāng yì luàn):内心惊慌,思绪烦乱。

08 恩奇都的陨落

回从前那个健康的自己该有多好。他不该贪恋荣华富贵,不该沉迷声色犬马,这一切都要怪罪于将自己带来此处的人,当年将自己带出森林的那个猎人①。

"我要诅咒你,诅咒你失去力气,永远不能打猎,在野兽面前无处可逃。你会失去全部生机,妻离子散,孤独一生,你是这一切的罪魁祸首,都是你的错。若不是你唤来女人,我现在一定能够自由而快乐地活着,但是你的出现,打破了我的安宁,你就是罪人,我诅咒你下地狱!"

想到了那女人,他又继续诅咒道:"莎玛赫,我要诅咒你,你引诱我来到这里,让我重病于此,你将不得好死,我诅咒星星掉落,砸坏你的房屋,我诅咒你居无定所,让街上的乞丐和醉汉来抽你的嘴巴。我失去了自由,失去了一切,这都是因为你!"

恩奇都的创造者沙玛什听到他的诅咒,深深地皱起了眉头:"你为何要如此诅咒莎玛赫?你只记得她将你引诱来此,却不记得她带给你的快乐。她给了你智慧,给了你面包和美酒,带你遇到了此生的知己——吉尔伽美什。如果不是她,你怎么会生活在舒服的宫殿里?怎么会成为乌鲁克的英雄?怎么会受万民敬仰?"

恩奇都听到这里,愤怒的情绪逐渐平息,但仍为即将到来的死亡

---

① 恩奇都陷入了深深的懊悔和愤怒之中。

声色犬马(shēng sè quǎn mǎ):泛指旧时统治阶级的淫乐方式。

感到悲伤。沙玛什看穿了他的心思，对他说："在你死后，乌鲁克城的百姓都将为你悲伤，吉尔伽美什也会因你而疯狂。他将脱下战袍，披上狗皮到田野里发泄这悲伤的情绪。"

经过沙玛什的一番劝导，恩奇都开始后悔他刚才的诅咒，决定收回那些诅咒："我收回自己刚刚的话，莎玛赫，我要你拥有更舒适的住房，让那些王公贵族都爱上你，祝愿你一世无忧，所有人都想要将最好的宝物送给你，众神为你的容颜痴迷，愿你成为天下最美丽的人。若是有人想要害你，他的结果一定是悲惨的，我要诅咒他永远吃不上饭，饥饿至死[①]。"

恩奇都知道自己将不久于世，他的身体一天一天地衰弱下去，但是他的兄弟吉尔伽美什却无能为力。有一天，恩奇都再次做了一个奇怪的梦，他向吉尔伽美什讲述："我亲爱的兄弟，昨晚我梦到自己到了地狱，那里真是可怕。我正像往常一样站在原野上，那里空无一人，突然间，一个模样恐怖的小鬼来到我的面前。他的面色苍白，跟常人差别巨大。他向我走来，粗鲁地将我摁倒在地，我根本没有力气同他搏斗，只能生生受着他的折磨。后来，我的身体变了形，我的手臂变成了翅膀，你应该知道，人死后手臂一定会变成翅膀的。那只小鬼带着我，飞过地

---

①恩奇都虽然对自己现在的情况充满了悔恨，但是他的内心是善良的，他希望莎玛赫能有好的生活。

痴迷（chī mí）：深深地迷恋。
无能为力（wú néng wéi lì）：用不上力量；没有能力或能力达不到。

08 恩奇都的陨落

下暗河,来到了地下女王的宫殿。他说进来的人没有能够出去的。我在那里的生活糟糕透了,没有鲜美的牛奶,没有新鲜的牛肉,只有泥土和尘埃。我后悔自己的寿命太短,连美食都没有品尝够就离开了,我再也吃不到人间的食物了。那里的人都是一样的,谁都不能睡在温暖而光亮的房间里,管你生前住的是宫殿还是破木房。不论你生前是王孙贵族还是路边乞丐,都是地下王宫的仆人,必须将自己身上的衣袍脱掉,王冠摘下,变成一个彻彻底底的奴仆[①]。"

"那里地位最高的就是女王艾莉什伽尔,她的宫殿黑暗而华美,地下王国等级森严,那里有祭司、法官、僧人、巫师,那里还有伊什妲尔的旧情人——牧神,他就在女王身边。判官拿着书册,对我进行审判,念出了我的名字。女王听到时抬头看了一下,问道:'你为什么会到这里?'我还没有作声,就回到了这里。"

恩奇都想,他可能不久就会再次回到那个地方去。吉尔伽美什知道自己的兄弟马上要离开了,内心痛苦却不能表露,只能眼睁睁看着恩奇都昏迷了过去。

恩奇都一直睡啊睡,直到第十三天夜晚,他才睁开了眼,他是醒过来道别的:"我曾经惧怕战争,害怕死亡,但是就这么突然离去,我真的不甘心啊!我应该伟大地活着,而不是平庸地死去。现在,我

[①]恩奇都向吉尔伽美什讲述了自己的梦境。这次他梦到了地狱,预示着他将要离开人世。

平庸(píng yōng):寻常而不突出;平凡。

太有趣了，名著！  图说吉尔伽美什

宁愿自己战斗而死，也不愿这么平庸地死去。我希望为了国家、为了我的兄弟而亡，而不是为了神的那一点儿差错而离去！我……"

可是话还没说完，恩奇都便睁着眼睛断了气。

吉尔伽美什痛不欲生。他眼睁睁地看着自己的兄弟死不瞑目，却无能为力，同样的不甘心充斥在吉尔伽美什心中[①]。

感悟启示

生命的意义是什么？这是吉尔伽美什思考的问题。生命是短暂的，应将短暂的一生过得灿烂而美好，不要不计代价地追逐虚无的未来，而要脚踏实地地过好今天的生活。

①恩奇都去世了，吉尔伽美什内心非常不甘。

09 缅怀恩奇都

读懂经典文学名著，
爱读会写学知识
★ 听故事学知识
★ 跟名师精读名著
★ 名著读写方法指导

- 吉尔伽美什消沉
  - 消沉的原因：恩奇都去世
  - 消沉的表现：难以接受、不眠不休、蓬头垢面、失去理智

- 吉尔伽美什重新振作
  - 振作的表现：给恩奇都举行葬礼
  - 葬礼的规格：最隆重、最豪华
  - 葬礼之后：吉尔伽美什去寻找永生之法

　　恩奇都去世后，吉尔伽美什非常悲痛，没有了以前意气风发的样子。等到他冷静下来后，决定亲自为自己的兄弟举行葬礼。安葬了恩奇都以后，吉尔伽美什决定去寻找永生之法。

太有趣了，名著！ 图说吉尔伽美什

吉尔伽美什心里清楚，他的好兄弟已经离开了人世，但是他不肯承认十几天前还同他一起斩杀天牛的好兄弟就这样躺在了这里，这实在令人难以接受。

他整日不眠不休、蓬头垢面地跪坐在床前，看着自己的兄弟独自躺在床上，不禁声泪俱下："我亲爱的兄弟，和我出生入死的兄弟啊！你可曾感受到我的痛苦？我们一起穿过那片杉树林的情形，仿佛就在昨天。现在你离去了，不但我会日夜为你哭泣，高墙之内的长老们也会为你哭泣，乌鲁克城的所有子民全都会为你哭泣。我——乌鲁克国王，将给你举办一场隆重的葬礼①。"

看着兄弟因病魔而扭曲的面庞，吉尔伽美什内心万分痛苦，他决定

①恩奇都的去世，让吉尔伽美什十分悲痛。

蓬头垢面（péng tóu gòu miàn）：形容头发很乱、脸上很脏的样子。

09 缅怀恩奇都

先将恩奇都安葬。于是，他连夜将长老们召集过来，商量葬礼的事宜。

现在的吉尔伽美什已没有之前意气风发的样子，倒更像一位风烛残年的老人。他对前来讨论问题的长老们说："或许你们觉得我现在没有一点儿国王的样子，我没有华服裹身，没有黄金佩剑，不配为王，这完全是因为来自地狱的恶鬼，他们亲手夺去了我的尊严，夺去了我最亲爱的兄弟啊！"

说着说着，吉尔伽美什便哭了起来："我最亲爱的兄弟啊，我们一起爬山川、过草原，一起打猎，一起骑马，一同斩杀洪巴巴，一起杀死天牛，我们什么都不怕，现在是什么打败了你，让你从此长眠，再也听不到我的话……①"

长老们都被这样深沉的兄弟情感动了，他们也在一旁偷偷地抹着眼泪，可是生老病死是人之常情，长老们早就知晓这一点了，他们只盼着自己的国王能早日认清这个事实②。

"请您节哀啊，我们都知道他是乌鲁克永远的勇士，虽然他去世了，但是他的精神将永远伴随着乌鲁克。我们能做的，便是让他体体面面地走好最后一程。"说完，长老们便准备用布将恩奇都盖上。

---

① 吉尔伽美什一直在回忆自己和好兄弟在一起的生活，他不肯接受好兄弟已经离开的事实。
② 长老们被吉尔伽美什和恩奇都的兄弟情深深地打动了。

意气风发（yì qì fēng fā）：形容精神振奋，气概昂扬。
风烛残年（fēng zhú cán nián）：像风中的蜡烛那样随时可能死亡的晚年。

图说吉尔伽美什

吉尔伽美什真的疯魔了。他朝着恩奇都的尸体扑了过去，他不允许别人接近自己兄弟的身体。他在床边抓着自己的头发，一把一把的头发落在了地上。他的悲鸣令人心酸，甚至连衣衫上的装饰都被他拽下来扔到地上。

从深夜一直待到清晨，吉尔伽美什才渐渐恢复了平静，开始和长老们商量自己兄弟的葬礼细节。他决定将恩奇都的葬礼办得最隆重、最豪华，让他在另一个地方也能好好地过日子。

"葬礼一定要在伊什妲尔神庙举行，那埃兰马克树做成的桌子上必须摆上祭奠的容器。杯子要用红宝石的，里面必须装满蜂蜜，而蓝宝石的杯子里则盛满奶油。棺材要用他从杉树林带回来的杉树制作。我会将王宫中所有的珍宝给他带走。我要向沙玛什祷告，让他保佑恩奇都在地宫里少受折磨。所有乌鲁克的子民必须参加这场葬礼，所有人都必须为他祈福祷告，我会亲自送他离开[1]。"

说到做到，吉尔伽美什亲自做了棺材。做那口棺材花费了三天时间，棺材又被烈日暴晒了三天，吉尔伽美什才满意地将恩奇都的身体放了进去。他将自己头顶的王冠摘下来，放在了棺材里。他希望自己的兄弟能够有人陪伴，而这个王冠就像是自己正在陪着他一样。

葬礼的这一天，乌鲁克乌云密布，就连沙玛什也前来送葬了。只见吉尔伽美什走在前方开路，恩奇都的灵柩就在他的身后，万民朝拜，恭

---

[1] 吉尔伽美什决定给恩奇都办最豪华的葬礼，希望恩奇都少受一些折磨。

09 缅怀恩奇都

送这位伟大的英雄,悲歌响彻整个乌鲁克[①]。

而莎玛赫也正在等待着自己的爱人,她的眼中满是泪水,痛苦地望着灵柩,像是不敢相信他会离去得那样快。她还能记起两人的初见,她和猎人一起看着在河边喝水的恩奇都。她记得自己的动作,也记得恩奇都的反应。她带他到牧人家,教他喝酒、放牧、吃面包;她带他来到城中,教他如何生活。这一幕一幕恍若昨天,他应该是那么自由自在,而不是躺在这冰冷的棺材里。

想着想着,她便落下泪来。她将他的灵柩引到了神庙里,又让众人瞻仰了他的仪容,接着用牛奶涂满了他的上唇,用蜂蜜涂满了他的下唇。祭司蘸了几滴从幼发拉底河取来的河水,洒在他的脸上,这是仪式的最后一步,他将与众人永别了。

吉尔伽美什更加痛苦了,他的泪水像是决堤的洪水,止也止不住[②]。

他不愿意再回到那个充满兄弟欢声笑语的宫殿了。他赤身裸体地来到了田野,披上了狗皮,发泄自己心中的不满。他的心中既有对于兄弟离世的伤痛,也有对于人生无常、生命短暂的恐惧。

从前意气风发的国王一下子老了几十岁,他时刻担忧死亡的到来,恩奇都的离世使他对于死亡的恐惧更上了一个层次。他终日提心吊胆,无心管理国家。

---

①葬礼这天,乌鲁克的所有人都来恭送恩奇都这位英雄,场面描写表现出人们对恩奇都的思念。
②运用比喻的修辞手法,生动形象地写出了吉尔伽美什内心的痛苦。

长老们看着一天一天衰弱下去的国王，忧心忡忡地说："亲爱的国王，您不能整日沉浸在恩奇都离世的悲伤中了，您还有国家和人民要管理啊！如果您有什么问题，尽可以向我们倾诉，千万不能憋在心中啊！"

国王回答道："长老们，你们不必劝我，恩奇都的死夺去了我所有的勇气，现在的我整日恐惧着死亡的到来，我想自己没有多久就会跟他一样，长眠于地下。"

其中一位长老明白了国王的顾虑："如您想要求得永生，也不是没有办法，我或许能够帮您出出主意。"

国王的眼睛一下子亮了起来："真的吗？您一直是乌鲁克最有智慧、最年长的长老，您一定有办法的！"

长老叹了一口气，缓缓地说道："我还记得，你的先祖乌特那庇什提牟至今仍活在世上，他就住在天尽头、水之边。如果您真的想要求得永生的秘密，那就只能前去探寻他了。"

长老继续说："可是前方凶险万分，您可知道那天尽头有多远吗？那绝不是我们能够到达的，您真的想要去吗？"

"自然，不管前方有多少艰难险阻，我也一定会前往的！"国王的语气坚定不已。

"那好吧。"长老知道自己拦不住国王，只能将所有的事情告知于他，"根据神的预言，您将穿过高耸入云的马什山，那里常年有蝎

忧心忡忡（yōu xīn chōng chōng）：形容忧愁不安的样子。

09 缅怀恩奇都

人把守；还要穿过长达十二比尔的黑暗深渊，在那里您将度日如年；最后您还要漂过死亡之海，那里的水只要人一碰到，就会被腐蚀成灰烬[1]。"

但是国王并没有被这些困难所打倒，他决定再次踏上征程。

真挚的感情最为难得，要珍惜自己的亲人、朋友。吉尔伽美什的遗憾无法弥补。他的痛苦和挣扎正是真挚情感的表现。

读懂经典文学名著，爱读会写学知识
微信扫描目录二维码，获取线上服务

---

[1]语言描写，突出了寻找永生的路上困难重重。

10 踏上寻求永生的征途

公蝎人和母蝎人
- 外貌特征：不是人的面容，而是一张不折不扣的蝎子脸，蝎子的头长在了人身上，蝎子的钳子变成了人的手
- 特异功能：天生有识别谎言的能力，并且能用钳子将说谎者撕成碎片

寻求永生
- 与沙索利人交谈
- 公蝎人和母蝎人被吉尔伽美什感动
- 进入黑暗深渊
- 吉尔伽美什觉得自己到达了永生的天堂

吉尔伽美什对于死亡的恐惧与日俱增，准备踏上寻求永生之旅。在路上，他遇到了沙索利人。沙索利人被他的诚心感动了，允许他走进马什山。吉尔伽美什坚定信念，克服黑暗深渊带来的痛苦和煎熬，最终走出了黑暗深渊。

10 踏上寻求永生的征途

吉尔伽美什对于死亡的恐惧与日俱增。他准备踏上寻求永生之旅，前去先祖乌特那庇什提牟那里求得永生的秘诀[1]。

又一次踏上征途，却没有了恩奇都在身边，吉尔伽美什还带着先前的那把佩剑，虽然心存恐惧，但是更加坚定了自己的想法：他愿意耗尽余生去寻找永生之法，即使在追求永生的路上死去，也不在香软榻上寿终正寝。

临走之前，吉尔伽美什登上城墙。他看着属于他的国家，属于他的子民，心里觉得十分安慰。接着，他又到伊什妲尔庙拜别了自己的兄弟，孤独地朝着天尽头、水之边走去。

离乌鲁克城越来越远，吉尔伽美什的心情也愈加惆怅了。夕阳西下，他加快了脚步，准备在天黑之前到达山谷。

可这次没有那么幸运。荒原的夜晚是危险的，他还未到达山谷，便遇见了狮子。那不是一只狮子，而是一群狮子，尽管自己曾经杀死过众多野兽，但是像这样一群，吉尔伽美什还是十分害怕的，看着它们望向自己的眼睛，那是真正野兽才有的威慑。他开始向月神祈祷，希望他能够帮助自己渡过难关，正在他提心吊胆之时，那群狮子像是听到月神的警告一样转头跑开了[2]。

---

①吉尔伽美什害怕死亡，决定去寻找永生之法。
②狮群围攻的情节，反映出吉尔伽美什寻找永生之法途中的艰险。

惆怅（chóu chàng）：伤感；失意。
威慑（wēi shè）：用武力或声势使对方感到恐惧。

太有趣了，名著！ 图说吉尔伽美什

夜幕降临了，他只能将就地睡在山谷的一棵树上。他很快便进入了梦乡：梦里他依然是一个人，那些狮子也从未离开，它们贪婪地盯着吉尔伽美什，为了活命，他只能拼尽全力与狮群搏斗。只见他左手持斧，右手到腰中去摸佩剑，武器闪着寒光，狮群畏惧不敢上前。接着，吉尔伽美什怒吼一声，拔出长剑向领头的狮子刺去，其他的狮子看见他这样勇猛，吓得抱头鼠窜，危机再次解除。

第二天一早，吉尔伽美什拖着劳累的身躯从梦中醒来了。昨夜并不好过，想来还有几分害怕，不过他没有放弃的念头，耸了耸肩，继续踏上了旅途①。

多少个日日夜夜过去了，也不知翻越了多少个山头，吉尔伽美什身上的袍子已经褪色了，满脸都是胡须，像是一位无家可归的流浪汉，谁能将他与那位衣着华丽的国王相提并论呢？不过，他的目光依旧炯炯有神，他对于永生的渴望没有半分消减，还在向着目标前进。

①吉尔伽美什从梦中醒来，虽然有些害怕，但是仍然没有放弃自己的目标，表现了他对寻求永生之法的态度之坚决。

10 踏上寻求永生的征途

马什山的距离之远吉尔伽美什早已听长老提过,不过当他亲自走来,却发现那山的距离比自己想象中还要遥远。每当他向路过的人询问时,他们都会异常一致地将手指指向天边。

日升月落,吉尔伽美什从未停下脚步,终于,他走到了一座与众不同的山前。这座山和以往的山都不同。它高耸入云,沿着山麓远望,仿佛天尽头就在眼前;沿着山谷往下看,好像立马就能到达地下王国。

吉尔伽美什觉得,这一定是马什山无疑了。一想到这座山森严的守卫,吉尔伽美什立刻紧张了起来。他小心翼翼地往上走,并偷偷观察着守卫者的背影。"马什山前的守卫者是沙索利人,他们是阴阳交界的使者,样子十分恐怖,或许比死神更加恐怖。他们日夜守护着马什山,从来没有停止过,日升月落从不松懈。他们会仔细询问每一个过路人,特别是每一个想要入山的人,以防止亡命之徒混入地下王国,也绝不允许地官内的鬼魂逃往人间。因此,想要通过马什山,实在是太难了!"吉尔伽美什想到了长老的话,心里更加紧张了。

终于,吉尔伽美什下定了决心,准备上前与沙索利人交谈。尽管他已经有了思想准备,但还是被沙索利人恐怖的正脸吓了一跳。因为他们的脸并不是人的面容,而是一张不折不扣的蝎子脸,蝎子的头长在了人身上,蝎子的钳子当成了人的手来用。他们天生有识别谎言的能力,并且能用他们的钳子将说谎者撕成碎片[①]。

①对沙索利人的外貌描写,突出他们长相的丑陋以及他们的特异功能。

太有趣了，名著！ 图说吉尔伽美什

吉尔伽美什张了张嘴，找回了自己的声音："请问，这就是马什山吗？"他的声音低得连自己都听不见。

那个蝎人并没有回答，深深地看了吉尔伽美什一眼，从头到脚地仔细观察了一番，才回过头去呼唤他的妻子——一位母蝎人："你要不要来看看，这里来了一个长着神肉的凡人，他来自遥远的天边呢！"

母蝎人闻言走了过来，也将吉尔伽美什打量了一番，接着感叹道："哇！这还是一个三分之二的神啊！"母蝎人显得十分诧异，对吉尔伽美什说道："我们还从未见过一个像你一样的人呢，你来自天的另一边，还是一位尊贵的国王，为何你不好好地过你的安稳生活，偏偏来到这里受苦呢？你可知这里有多么的危险吗？"

吉尔伽美什想了想，实话实说道："我本不该在此，但是我必须寻找到自己的先祖，那位永生的乌鲁克人，我想要跟他一样获得永生的力量，所以我必须穿过这里①。"

公蝎人和母蝎人面面相觑："可怜的孩子，年轻的国王啊，你真的不该在此。你的话是真的，但是你根本不知道这里有多么危险，就算你能够通过这里，也绝不可能穿过马什山。这里的黑暗之渊会使所有到此的人失去理智，心智受惑，这种黑暗是伸手不见五指、令人绝

---

①吉尔伽美什不加隐瞒地向蝎人们诉说了自己来到这里的原因。

面面相觑（miàn miàn xiāng qù）：你看我，我看你。形容大家因惊惧或无可奈何而互相望着，都不说话。

10 踏上寻求永生的征途

望的。你将会独自一人,孤独地走在那令人绝望的黑暗中,那里度日如年,一个小时就像是一年一样,没有人能够穿过那里的,你还是尽早回去吧!"

吉尔伽美什见他们态度坚决,有些焦急地说道:"不,我来自天的另一边,我早已知晓自己将要面临的痛苦,但是我不会放弃,就算那里有无边的恐惧,也比不上我对死亡的害怕;就算让我经受严寒和酷暑,让我流着眼泪发出一声声叹息,我也愿意!我历经千辛万苦来到了这里,已经没有回头的机会了。我失去了自己最亲爱的兄弟,我想世间不会有比这更痛苦的事情了。所以求你们帮帮我,让我过去吧!"

蝎人夫妇相互看了一眼,有些无奈,但更多的却是感动:"那好吧,年轻的国王,你是真正的勇士,我们允许你翻越这座山,愿你求得永生的秘密,再走回来与我们相见①。"

①蝎人们被吉尔伽美什的诚心打动,决定允许他翻越这座山。

度日如年(dù rì rú nián):过一天好像过一年那么长。形容日子很不好过。

太有趣了，名著！ 图说吉尔伽美什

于是，他们打开了山门，吉尔伽美什走进了黑暗之渊，挥手和他们告别。

刚陷入黑暗的吉尔伽美什并未感觉到恐惧，他甚至在心中默默地想着，这有什么可怕的呢？这只不过是太阳落山了，月亮没有出来而已，或者是一块布蒙住了自己的眼睛，这跟击败野兽相比还是很容易的。

但是事情没有这么简单。他走着走着，一个小时过去了。他有些焦急了，尽力睁大双眼，想要看见一点儿光亮。他又揉了揉耳朵，想要听见哪怕是一点儿声音，可是周围什么都没有，只有他自己一个人走着。两个小时过去了，三个小时过去了，他依旧独自走着，没有人知道他的心里有多么的煎熬，多么的痛苦。孤独的滋味非常不好受，再加上这里的时间是延长的，他觉得在黑暗中的每一秒都像一年那么长①。

第四个小时、第五个小时过去了，吉尔伽美什的双腿已经不能走动了，他也失去了辨别方向的能力。他什么也看不到，什么也感觉不到。他正处于一个没有边缘的深渊，这太让人感到绝望了。可是吉尔伽美什没有放弃。他跪在地上爬行，希望通过这种方法寻找到一点儿方向感。

第六个小时、第七个小时，吉尔伽美什接近崩溃的边缘，他甚

① 强调时间的变化，突出吉尔伽美什内心的痛苦和煎熬。

崩溃（bēng kuì）：完全破坏；垮掉。

10 踏上寻求永生的征途

至开始怀疑自己已经死掉了，失去了全部的感知能力。他连自己的存在都找不到了，就像身处黑暗的地狱之中。他开始默默地想，若是我身处地狱，为何见不到兄弟恩奇都呢？我那可怜的兄弟早已离我而去了！恩奇都给了吉尔伽美什力量，吉尔伽美什的信念重新燃烧。他站了起来，像一位重生的英雄，鲜血开始重新流动，心脏有力地跳动，他决定——继续向前①。

第八个小时里刮来了一阵风，吉尔伽美什欢欣鼓舞。他觉得自己将要走到尽头了，如果不是到了洞口，哪里会有风呢？可事实并非如此，这阵冷风吹了整整一个小时，可对于吉尔伽美什来说，却是吹了整整一年。

第九个小时里，黑暗里飘起了大雪，那雪下得极大。又冷又渴的国王只能抓着落下的雪，一把一把地往嘴里塞。那味道太糟糕了，简直令人不能忍受，可他还是狼吞虎咽地吃了下去。

第十个小时过去了，第十一个小时过去了，他终于能够见到一点儿光亮了。那光芒十分微弱，但是却更加坚定了吉尔伽美什的信念。他找回了自信，加快步伐朝着前方的光亮处走去，但是这路太长了，他走得踉踉跄跄。

① 当吉尔伽美什临近崩溃的边缘时，恩奇都给了吉尔伽美什力量，使得吉尔伽美什的信念重新燃烧起来，决定继续前行。

狼吞虎咽（láng tūn hǔ yàn）：形容吃东西又猛又急。
踉踉跄跄（liàng liàng qiàng qiàng）：形容人走路不稳、跌跌撞撞的样子。

直到第十二个小时的来临，他终于重见了光明。他没有任何时候比现在更加渴望光明。他看着那光芒，就像看见了自己的母亲——女神宁孙。

这十二个小时的时间，对他来说却像是整整十二年。他的心更加坚毅，他的目光更加炽热，他的身体还是年轻的模样，他的心灵却历经沧桑。

他走出了黑暗深渊，接着向前走去。他看到了远处的树木，那棵树上有着红宝石般的果子、紫水晶般的葡萄，叶子也像翡翠一样。

吉尔伽美什觉得自己是守得云开见月明，觉得自己终于到达了永生的天堂。

吉尔伽美什选择了勇敢地前行。虽然不知道前路有多少坎坷，但是为了自己心中的梦想，他选择了坚持。

11 客栈小憩

- 太阳神沙玛什
  - 化身为一只鹦鹉
  - 劝说吉尔伽美什停下来
  - 告诉吉尔伽美什前方是死亡之海

- 摆渡人乌鲁舍那庇
  - 身份：为吉尔伽美什的先祖乌特那庇什提牟摆渡的人
  - 特征：有两座石头人，能保佑人在死亡之海平安

- 渡海准备
  - 砍下一百二十棵椰树
  - 将树心儿中最结实的部分削出来，做成船棹

吉尔伽美什历尽千辛万苦，终于来到了一个美丽的地方，但是他拒绝了沙玛什的劝告，决定继续去寻找永生的秘密。他来到死亡之海，住进了那里的客栈。老板娘让他去找一个摆渡人。他完成了摆渡人的考验，摆渡人答应为他摆渡。

图说吉尔伽美什

几个月来,吉尔伽美什过着极其艰辛的生活,可以用茹毛饮血[1]来形容。他踏遍了山山水水,走过了黑暗深渊,如今来到了这处乐园,顿时心花怒放。

他摘了几个果子,那果子尝起来甜美爽口,令人沉醉。已经几个月没有吃过好东西的吉尔伽美什更是一连吃了好几个,他开始向太阳神祈祷:"您的恩赐我永生难忘!我会更加崇奉您的恩遇!"

听到吉尔伽美什祷告的沙玛什化身为一只鹦鹉,站在树上对他说道:"那你为何不留下来呢?你瞧,这里的天空多么明亮,夜晚也是星光闪耀的,你口中的果实能使人变得年轻,在这里你将会忘却一切烦恼,留下来吧!"

听了这话,吉尔伽美什放下手中的果子,反驳道:"我披荆斩

[1] "茹毛饮血"一词,写出了吉尔伽美什几个月来路上的艰苦。

茹毛饮血(rú máo yǐn xuè):用来描绘原始人不会用火,连毛带血地生吃禽兽的生活。

11 客栈小憩

棘,费尽一切力量来到这里,不是为了这一时的欢愉,而是为了找到永生的力量。您一定知道我经历了多少苦难,困了我就在树上休息,饿了我就吃生肉,难道我的罪就这样白受了吗?就在此地享尽此生?请将死亡留给该死的人,让我永远沐浴在您的光辉下吧①!"

沙玛什叹了口气,知道自己根本无法说服他,因此摇了摇头走掉了。走之前,他告诉吉尔伽美什前方是死亡之海。

吉尔伽美什稍作休息,便继续上路了。又过了几天,他来到了一处海边。这片海有些与众不同,海水颜色发黑,海面上大雾弥漫,根本望不到尽头,而海的另一边与天涯相接。

吉尔伽美什的眼中绽放出了光芒,他坚信自己的先祖乌特那庇什提牟一定住在海的尽头。

但是如何渡海呢?一定需要一艘坚固的船②。

于是,吉尔伽美什准备四周逛逛,看看附近是否有摆渡的船夫。船夫没有找到,却发现海边矗立着一座客栈。那座客栈破旧不堪,偏偏开在这荒无人烟之处,着实可疑。

他忽然想起路上听说的恐怖之事:好像死亡之海的边上有一家黑店,他们专门劫持过路的人,凡是到了此处的人,必是有去无回。

因此,吉尔伽美什提前做好了准备。他整理了下衣衫,将斧子磨得发光,又将佩剑挂在了胸前,面目严肃,威风凛凛地走了过去。

①吉尔伽美什不愿意为了一时的欢愉而留在这里,可见他寻找永生的力量的坚定决心。
②承上启下的过渡段。

图说吉尔伽美什

"砰砰砰",他敲响了客栈的门,奇怪的是,无人应门。他知晓屋内有人,便大声说道:"客栈老板,麻烦把门打开,我路过此地,前来借宿,你却闭门不开,是怕我少给你房钱?你可放心,我的剑是用纯金打造的,不会少了你的房钱!"

但是依然没有人回答,吉尔伽美什没有办法,只能再次开口:"想必你们一定听过我的名字,我就是乌鲁克的国王——吉尔伽美什,我曾经与自己的兄弟恩奇都一起闯过杉树林,杀死了恶魔洪巴巴,斩杀了天牛……"但门前还是没有动静,吉尔伽美什转变了策略,他威胁道:"你们信不信我一脚就能将这样的门踹烂十几个!连狮子我都杀过,你们觉得一扇门能困得住我吗[1]?"

"吱嘎"一声,门突然打开了,一个主人装扮的女人迎了上来,屋内还有几位客人,大家都对这位远道而来的客人十分好奇。老板娘接过了吉尔伽美什的行李,抱歉地说道:"真是对不起,我们以为您手拿斧子、身带佩刀,应是强盗之流,真是误会了,请您见谅。"

吉尔伽美什见客栈和众人没有异样,知道了关于"黑店"的传言是假的,他放心地走了进来[2]。

他衣衫褴褛,蓬头垢面,跟客人们幻想的英雄形象有着天壤之别,因此他们好奇地问道:"英雄,您为何来此,还如此狼狈?"老板娘给他上了一壶热茶,也坐了下来,准备听听他的故事。

---

[1] 无论吉尔伽美什怎么敲门,客栈老板就是不开门。在他的威胁之下,老板娘终于打开了客栈的门。

[2] 吉尔伽美什通过观察,认为"黑店"的传言是假的。

11 客栈小憩

"说来话长,我是乌鲁克的国王。年轻之时,我也曾暴戾焦躁,以戏弄臣民为乐,可是后来,我遇到了自己的兄弟——恩奇都,他是我最好的朋友,他和我一样力大无穷,可他生长于原野。我们一同骑马打猎,一同击杀野兽,一同击杀洪巴巴,又杀死了天牛,我们互相鼓励、互相扶持,几乎无话不谈。但是一场意外的到来,使我的兄弟离我而去,将我独自留在了人间。我悲恸不已,可是无能为力。我眼睁睁看着他在我面前死去了,只剩下我一个人。我整日魂不守舍,甚至披着狗皮在田野之间游荡,没有任何的兴趣,失去了所有快乐。我守着他的灵柩七天七夜,看着他的身体渐渐腐烂,最后化为灰烬。一想到曾经那位威风凛凛的英雄变成了这个模样,我就悲从中来。我害怕自己有朝一日也会变成那个样子,所以,我前来拜访自己的先祖,希望从他那里得到永生的秘密[①]。"

吉尔伽美什说到兄弟之情时,客人们的眼眶里闪烁着泪花,他们被两人之间的情谊深深地打动了。但当他说到要寻找永生时,众人皆

[①]吉尔伽美什讲述了寻找永生之法的原因。

收起了眼泪,开始摇头与叹息,他们觉得这简直是无稽之谈。

老板娘觉得这位英雄是真正的性情中人,劝说吉尔伽美什:"尊敬的英雄啊,您的事迹真是令人感动,您与恩奇都之间的感情令人动容。可是永生并不是什么秘密,也不是什么可以寻找的东西,要知道,人的寿命在出生的那天就已经被决定了,没有人可以改变神的主意,那是神谕啊!我们一生的宿命,就是照着神的命令、神的预言过活,没有人可以超过这个范围。您的生活已经是最好的了,要知道,很多人一生下来就是乞丐,或者是流浪汉,他们的宿命如此,是根本改变不了的。可您不一样,您生来就是国王,可以穿锦衣华服,可以享佳肴盛宴,这是别人一辈子都求不来的,可您却不满足,想要得到永生。与其获得永生,还不如过好每一天,潇洒地过活,尽情地欢乐,玩累了就休息,疲惫了还有香枕可以依靠,您真的应该知足了,不能再索要更多的东西了。若是您还不知足,上天怕是要降下灾祸的[1]!"

可是吉尔伽美什不听他们的话,他已经走到了这里,是绝对不会放弃的。他现在满脑子想的都是如何渡过死亡之海:"这样的话我已听过,可我并不认同,我宁愿站着死,也不愿坐着生。我本该是顶天立地的英雄,可是死亡的恐惧使我整日痛苦,你们不必劝我了,请告诉我哪里有船能带我到达彼岸,我要渡过死亡之海。等我回来,一定

---

[1] 老板娘的话为下文做了铺垫。

无稽之谈(wú jī zhī tán):没有根据的说法。
顶天立地(dǐng tiān lì dì):形容形象高大,气概雄伟豪迈。

11 客栈小憩

会好好感谢你们的！"

众人知道多说无益，只能祈祷他平安归来，再想到他三分之二神的身躯，觉得他真的有可能到达天尽头。

于是，老板娘将到达彼岸的方法告诉了他："若你真想穿过死亡之海，那就必须找到一位叫乌鲁舍那庇的人，他正是为你的先祖乌特那庇什提牟摆渡的人。对了，他有两座石头人，他们能保佑你在死亡之海中一路平安。"

得到消息的吉尔伽美什坐不住了，他将手中的茶一饮而尽，决定立马前去寻找摆渡人。他朝海边出发了，因为他坚信乌鲁舍那庇一定在附近。吉尔伽美什根据老板娘的说法，沿着海岸线一连走了几天，却连一个人都没有见到[①]。

吉尔伽美什开始怀疑老板娘的话："莫非是那客栈的人欺骗了我？"

他又沿着海岸线走了几天，发现周围还是荒无人烟，吉尔伽美什更加恼怒了："我跋山涉水，经历了重重磨难，却在这胜利的门前迷了路。"

他怒不可遏，挥舞着斧子将海边的一块礁石砍碎了。

"到底是哪个不要命的人打碎了我的石像？"人未至而声先到，

---

①老板娘告诉吉尔伽美什去找摆渡人，可是吉尔伽美什没有找到。这为后文设置了悬念。

怒不可遏（nù bù kě è）：愤怒得不能抑制，形容愤怒到了极点。

太有趣了，名著！ 图说吉尔伽美什

远处跑来了一个披蓑戴笠的人。

吉尔伽美什惊讶极了，也赶紧向着那人的方向跑去。

"你是谁？为什么无缘无故地在这里捣乱？你将我的石像砸碎了！"

吉尔伽美什太兴奋了，他甚至没有看到那人眼中的愤怒："您可是乌鲁舍那庇？就是为我的先祖乌特那庇什提牟摆渡的那个人？"

"没错，是我。但你还没有回答我的问题，为什么无缘无故地将我的石像破坏呢？"

吉尔伽美什按捺不住心中的喜悦，他将所有事情的来龙去脉告诉了这个摆渡人："我是吉尔伽美什，来自乌鲁克城，也就是天的另一边，来这里是为了找到我的先祖乌特那庇什提牟，我不是故意打碎您的石像的。"

摆渡人见他面容憔悴、身体消瘦，便问道："你把自己整得如此狼狈，衣不蔽体，仅仅就是为了见乌特那庇什提牟一面？"

吉尔伽美什又将他与恩奇都的故事讲了一遍："我青年的时候力壮如牛，面庞英俊。那时候我和我的兄弟恩奇都远征杉树林，杀死洪巴巴，得罪了女神伊什妲尔，她带领天牛前来报复，我和恩奇都杀了天牛，触犯了神颜，因此我

按捺（àn nà）：向下压，多比喻控制（情绪）。

11 客栈小憩

的好兄弟恩奇都被死亡之神带走了,而我也陷入对死亡的恐惧之中。我这一路,几乎没吃过一顿饱饭,没睡过一次好觉,昼夜不停,就是为了赶到这里,向我的先祖乌特那庇什提牟请教永生的秘诀。"

摆渡人听了这话,感叹道:"天下怎么会有永生的事情呢?世间的事没有永恒,你所见的也只是一部分。你仔细回忆一下,你曾见过永远盛开的花朵或是永远年轻的树吗?人生总是这样的,没有人可以逃过生老病死,这些造化都是生来便具有的,没有人可以改变。我为你和你兄弟的经历心痛,但是天下没有不散的筵席啊!你迟早会懂得这个道理的①。"

可是固执的吉尔伽美什却不听他的话,反驳道:"我的先祖——乌特那庇什提牟就获得永生了啊!这世间当然有永远存在的事物了,我非要找到他不可!现在只有您可以帮我,求您发发善心,带我渡过这片海吧!"

摆渡人唉声叹气道:"或许在半个钟头之前,我还能答应你的请求,可这一切都是命运啊!不可改变的,你亲手打碎了那庇佑的石像,因此我们无法穿过死亡之海了!这是不可能的事情了!"

吉尔伽美什意识到了自己的过错,他悔恨不已,仿佛失去了所有的希望,开始一下一下用他坚硬的拳头捶打着自己。

摆渡人看见这样的国王,觉得他太过可怜,便制止道:"唉,年轻人,不能做伤害自己的事情啊,办法没了可以想,但是自己的身体受了伤,一切都没有可能了。我会替你想办法的,你还是不要着急的

---

①摆渡人告诉吉尔伽美什没有人可以逃过生老病死,这些造化都是生来便具有的。这也为吉尔伽美什最终能否获得永生设置了悬念。

好啊!"

吉尔伽美什听到这番话,眼睛再次亮了起来。他吃惊地望着摆渡人,十分感激地说道:"只要您能帮我渡海,什么事情我都能帮您做,求您帮我想想办法吧!"

"好,但是这件事非常的困难,可能要辛苦你了。"

"我不怕辛苦,你告诉我应该怎么做好了。"

"你到那片丛林里,砍下一百二十棵椰树,接着将树心儿中最结实的部分削出来,做成船桨,我们便能渡海了。"

吉尔伽美什毫不犹豫,立马向丛林走去。只见他一手持剑,一手持斧,钻进了茂密的丛林。这片林子非常奇特,树叶锋利得像一把尖刀,吉尔伽美什的脸上被割出了一道道血印,可他并没有放弃,一边用剑开路,一边寻找着最粗壮的椰树。

吉尔伽美什花了整整一天的时间,才砍下了一百二十棵椰树,又用了整整一天的时间,才将树干削成船桨,将这些东西放在了摆渡人面前[①]。

等到这件事全部做完的时候,吉尔伽美什整个人狼狈至极,根本看不出原来英俊的样子。他衣衫褴褛,脸上全是被树叶划的血痕,有的则结成了小小的痂。几天几夜没有休息过的他满面疲惫,可是当摆渡人点了点头时,他的脸上绽放出了一个太阳花般的愉悦笑容。

①为了渡海,吉尔伽美什不怕辛苦,认真地完成了摆渡人提出的任务。

绽放(zhàn fàng):(花朵)开放。

11 客栈小憩

吉尔伽美什翻山过海,历尽艰辛,想要找到自己的先祖。他用真诚打动了客栈老板娘,用毅力完成了摆渡人的考验,得到了帮助。

读懂经典文学名著,爱读会写学知识
微信扫描目录二维码,获取线上服务

12 先祖的永生之谜

- 渡过死亡之海
  - 最危险的地方：没有风浪；船不会自己前行；不能用手碰水
  - 渡海的方法：用船桨划船
  - 结果：准备的一百二十根船桨被腐蚀完了，驶过中心的危险地带

- 乌特那庇什提牟
  - 身份：吉尔伽美什的先祖
  - 外貌：如同枯木般的老头，头发花白，身体弯曲，衣服也十分老旧
  - 永生的秘密：众神赐予

历尽艰险，吉尔伽美什在去寻找永生之法的路上终于见到了先祖。从先祖的口中知道了他获得永生的秘密。吉尔伽美什的内心十分吃惊。

12 先祖的永生之谜

一切都准备妥当了,乌鲁舍那庇和吉尔伽美什准备登船远航。乌鲁舍那庇虽然是整个死亡之海技术最精湛的摆渡人,但是并不能保证两人一定能够平安到达彼岸。

他们那原本巨大的船在广袤无垠的死亡之海上,渺小得如同一片树叶,而两人就像死死抓在叶子上的两只蚂蚁,不知生死,一路向前[①]。

摆渡人的驾船技术非常好,因此一连行驶了三天都没有出现什么意外。但第四天的时候,前方突然变得黑压压一片,摆渡人打起精神,对吉尔伽美什说道:"你一定要小心啊,马上就到死亡之海的中心地带了,这里是整个死亡之海最危险的地方。这里没有风浪,船不会自己前行,所以,我们只能依靠自己的力量。就用我让你制作的长棹划水就可以了,但是你必须要记住,这里的水能将骨皮腐蚀,所以千万不要用手去碰,只能用我们的船棹。你一定要小心再小心啊[②]!"

船只慢慢地停了下来,吉尔伽美什的心情也跟着紧张了起来。他按照摆渡人的说法,轻轻举起第一支长棹,开始划水。但是令人震惊的事情发生了,他只是划了几下,那船棹就立马被水腐蚀,瞬间消失不见了。因此,他只能连续换第二根、第三根……

就这样,准备的一百二十根船棹全部用光了,他们才刚好驶过中心的危险地带[③]。吉尔伽美什向远处望去,已经能够看到彼岸了。"那

①运用比喻和夸张的修辞,形象地写出了吉尔伽美什和乌鲁舍那庇在死亡之海上的渺小,预示了前途的艰险。
②语言描写,摆渡人的话说明了死亡之海中心地带环境的险恶。
③凭借这一百二十根长长的船棹,吉尔伽美什和摆渡人安全地渡过了死亡之海的中心地带。

就是天尽头吧!"吉尔伽美什心中默默地想着。

他看着彼岸,那岸边似乎与天接在一起,远远望去像一条细细的银线,煞是美丽。

而岸边也有一个人正在翘首观望着他的到来,这人正是乌特那庇什提牟。

乌特那庇什提牟望着远处的船,并没有想到今天会有一位远道而来的客人,他只是有些疑惑:"为何今日的船只上没有看到石像呢?而旁边的那个陌生人又是谁呢?"

船只缓缓地靠近岸边,乌鲁舍那庇指着岸上的人说:"你历尽千辛万苦要寻找的人就站在你的面前,快去吧,年轻人!"

吉尔伽美什没有看清这人的面貌,船离岸边还有一段距离,但是他已经等不及了,眯起眼睛想要看清这位永生的先祖是怎样的样貌,会如传说中那样面庞俊朗、体态健硕吗?

当他们下了船,吉尔伽美什终于看清那人的面貌时,却直接愣[1]在了那里。因为眼前站着的那个人,并不是一位年轻人,而是一个如同枯木般的老头。他头发花白,身体弯曲,衣服也十分老旧。

吉尔伽美什不敢相信,他吃惊地问道:"您真的是我的先祖——乌特那庇什提牟吗?为何您看上去这般狼狈呢?您不是永生之人吗?

[1] 一个"愣"字,形象地表现出吉尔伽美什看见先祖后的惊讶。

翘首(qiáo shǒu):抬起头来望。

12 先祖的永生之谜

为何已经到了这样的年岁?"

乌特那庇什提牟得知吉尔伽美什是他的子孙后,笑了起来:"你还真是耿直的人,是不是在你心里,一直觉得永生之人都该是身强力壮、意气风发的年轻人?瞧见了我这副模样,是不是很失望呢?我的孩子。"

乌特那庇什提牟微笑着,说出的话也是慈爱有加,这让吉尔伽美什有些不好意思。他只能转变了方式,说道:"冒犯了先祖,是我的不是。可我是真的惊讶,世人都以为永生之人必定是年轻健壮的,活得像神仙一样快活。希望您原谅我的粗鲁。您能否给我讲讲,您是如何获得永生的呢[①]?"

"哦,原来你是来向我寻求永生的方法的!不过这件事说来话长,还得慢慢给你讲起。你们先跟我到房间里休息一下吧!"说着,便领着他们往海边的房屋走去。在房间里他们开始长谈:

"在很久以前,有一座城市叫舒路帕克,它位于幼发拉底河的岸边。那个时候,众神和人类还在一起居住呢。起先,他们相处得也算融洽,但是后来不知道怎么了,人类得罪了神,众神十分愤怒,决定选取一种方式来报复人类。他们发动了大洪水,用洪水对舒路帕克城进行大清洗,让人类灭绝。

"众神还专门召开了会议,想要讨论出一个正确的计划,以保证这次大行动的成功。天神安、恩利尔、尼努尔塔等神都到了,而书吏

[①] 尽管意外,但吉尔伽美什依然向先祖请教获得永生的方法,可见其对永生之法的执着。

太有趣了，名著！ | 图说吉尔伽美什 |

埃阿神则负责记载会议内容。众神中，埃阿神是最富有同情心的。他听到这个消息后，十分震惊，开始在心中暗自盘算。他趁众神分心谈论之时，偷偷地来到了我的门外，对我说道：'茅屋和墙壁啊，你们是我最好的朋友了，我有一个惊天大秘密要告诉你们，你们一定要听好了，这件事你们不能告诉任何人！'睡梦中的我听到神的声音后十分震惊，立刻就将耳朵贴到了墙壁上，听到他继续说：'可怜的舒路帕克人啊，你听我说，请不要吝啬你的屋舍，赶快将它拆掉吧，用这些木材打造一艘巨轮。然后在这艘巨轮上装上一切有用的东西，一定不要装那些没用的金银珠宝，钱财是最无用的东西，它们不是能活命的东西。你必须带上粮食、水源、蔬菜和水果，各种动物都要带上。请一定要记住啊，必须按照我说的尺寸去建造这艘巨轮，它的长度和宽度至少要超过阿卜苏那样的水深。'说完这些，神没有离开，而是看着目瞪口呆的我。对于神谕我一向是毫无质疑地遵守，但是拆掉房

吝啬（lìn sè）：过分爱惜自己的财物，当用不用或当给的舍不得给。
目瞪口呆（mù dèng kǒu dāi）：形容受惊而愣住的样子。

12 先祖的永生之谜

屋、建造巨轮这样的事,这么伟大的工程,不是我一个人能够做的。因此,我便问埃阿神:'您的话我一向深信不疑,并且应该唯命是从,可我要怎么和我的父王、长老、城中的百姓来解释这一疯狂的举动呢?'埃阿神再次帮助了我,他出的主意绝妙极了。

"第二天一早我就起床了,第一件事就是把拆屋建船的事告诉大家。人们并不同意我的做法,纷纷问我是什么缘故,我就按照埃阿神教给我的话,给大家解释了一番。我告诉大家,自己得罪了恩利尔,是不可能再待在舒路帕克了,必须到阿卜苏去,之后我将和主神埃阿一起居住。作为拆房子的回报,他会赐给我们更加丰厚的物产,让庄稼长得更好,让牛羊更加肥硕,在你们狩猎或捕鱼时,埃阿神将为你们指出猎物们的藏身之处[①]。

"舒路帕克的子民听到我的话,纷纷要求参加造船,这件事就这么简单地解决了。每天天刚亮的时候,我便开始准备造船的材料,让孩子们送沥青过来,而大人们则将生活必需品送来。就这样,整整忙了五天,才终于把大船的骨架建成了。我还记得这艘船,它的面积达3600平方米,船高有60米,连船的甲板都有60米宽。

"我还用了6块覆板把船舱隔成6层,使得每一层分外地平整,我还创造了新的造桅杆方法,将整艘船弄得结实无比,没有一处不完美。

"子民们每天都来帮我的忙,他们淳朴善良、勤劳勇敢。为了报

---

①埃阿神给先祖出了一个非常棒的主意。

答他们的恩情,我每日都给他们杀牛宰羊,请他们喝王宫里的御酿,将所有的美食都给了他们,他们造船这几日的生活比平时过年都要好,来干活的时候都是兴高采烈的①。

"一直到了第七天,这艘船才终于建好了。可这艘船实在是太重了,没有人能够推动它。因此,我只好将仓板摇下来,使得船身进入水中。之后,我按照神谕,将粮食、水源、蔬菜、水果、我拥有的所有牲畜和飞禽走兽、我的妻子、各种各样的工具都带上了船②。

"太阳神沙玛什也看到了我的船,好心地前来提醒我道:'灾难今夜将到来,暴风雨将会使世界毁灭,你可以关上舱门了,带着你的一切逃命吧!'我害怕极了,可是没有办法。

"当夜,乌云密布,众神根据安排,开始实施毁天灭地的计划。先是雷神阿达德打响了霹雳,然后舒尔拉特和哈尼什开始通知毁灭舒路帕克的消息,几乎是一瞬间,舒路帕克就变成了人间地狱。黑夜白天颠倒,到处是一片黑暗,原本辽阔的舒路帕克城那时却像一个密封的罐子,似乎没有人能逃避这场厄运。

"紧接着,风神将台风刮起。那风很大,刮得天昏地暗,风沙迷住了人眼。安努那基神也按照计划行动了。只见他口吐火焰,将黑暗烧得红彤彤。突然间,漫天卷地的洪水冲来了,这才是真正的屠杀之

①大家相信了吉尔伽美什先祖的话,都过来帮助造船。
②船造好了,吉尔伽美什的先祖做好了一切准备。

瞬间(shùn jiān):转眼之间。

12 先祖的永生之谜

法。那水来势汹汹，直接将王城冲塌了，所有的人无一幸免，全被覆盖在了下面。就在一瞬间，舒路帕克城成了屠宰场，'人间炼狱'也不足以形容当时的惨状，人类处在水深火热之中，到处都是哭叫声、呐喊声，惨不忍睹，而我的船门窗紧闭，漂荡在水上，才幸免于难[1]。

"一些小神们对这场灾难也是毫不知情的，他们狼狈极了，像落水狗一样纷纷逃窜。唯一安全的地方就是天神安的高山，于是，他们都躲在高山神殿外的角落里。就连天神安的女儿——伊什妲尔女神也像个无助的孩童一样哭喊起来：'这场灾难毁灭了百年的文明，所有的城市都消失了，他们那么崇拜我们，而我却在众神之会上诋毁他们，这都是我的错啊。我不该如此，我明明是他们的创造者，现在却只能看着他们陷入水深火热之中，这一切都是我的过错啊[2]！'

"众神听到伊什妲尔的哭嚎，也对眼前的惨状起了恻隐之心，他们

①场面描写，表现出灾难的严重性以及人类处在水深火热之中的惨状。
②伊什妲尔女神看到这场毁灭性的灾难，对于自己在众神大会上的诋毁陷入了深深的自责之中。

水深火热（shuǐ shēn huǒ rè）：形容人民生活处境异常艰难痛苦。
诋毁（dǐ huǐ）：毁谤；污蔑。
恻隐之心（cè yǐn zhī xīn）：形容对人寄予同情。

也开始同情这些可怜的子民,他们也开始哭泣。但天神安却无动于衷,并没有下令收回旨意。这场灾难直到第七天才停止,暴风雨和洪水都停了,乌云散尽,高山显露,但是人类却失去了踪影,他们都葬身在了这洪水之下。

"我缓缓打开了舱门,一缕阳光照在了我的脸上,许久不见阳光的我被刺得睁不开眼。过了一会儿,我看清楚了眼前的景象:我的船只漂在洪水之上,水下面全都是被毁坏的城市,许多人的尸体漂浮在水面上。

"那画面太惨了,我不由得泪流满面,只能努力将船往岸边划,也不知道划了多久,还是没有看到岸。有一天,我在尼什尔山搁浅了,这一待就是七天,也不知道外面的情况如何。我决定放一只鸽子出去,想看看外面的情况。那鸽子飞出去了一会儿,就又飞了回来,我便知晓洪水还没有退去,因为一定是鸽子没有落脚点,所以才会重新飞回来。

"接着,我又放出燕子,可是燕子也飞了回来。我又放出了乌鸦,那乌鸦拍打着翅膀,在空中大叫、盘旋,接着飞远了,然后再也没有回来。我知道时候到了,洪水应该退去了。我立刻将所有的鸟儿都放出去了,没有一只回来[①]。

"我重新登上尼什尔山,并在这里设立了祭祀台。我摆放了黄金珠宝,宰杀了一只牲畜当作祭品,又像以往祭祀一样,将美酒浇到山

---

①吉尔伽美什的先祖不停地利用飞禽打探洪水有没有退去的消息,表现出他的智慧。

12 先祖的永生之谜

顶,并且在那里摆上十四只酒盏,芦苇、杉树和爱神木同时被摆在了祭祀台上,我祈祷众神在闻到这香味之后能够平息怒气。不一会儿,众神便被这香味所吸引,纷纷聚集在祭祀台边。

"伊什妲尔是最先到来的。她来到祭祀台边,并且取走了其中的黄金首饰,因为这曾是天神安送给她的礼物。她高兴得转身对其他的神说道:'请大家到祭祀台这里来吧,但是恩利尔不可以来,他怎么能够这样,不经过仔细的考虑就发动了这么大一场灾难,你看看这里惨烈的景象。这就是对他的惩罚。'

"伊什妲尔的话刚说完,恩利尔愤怒地出现在了她身后,怒气冲冲地说道:'为什么这里还会有人的存在,不是一个都没剩下吗?怎么会有漏网之鱼呢①?'

"尼努尔塔趁机说道:'肯定是埃阿神,除了他,还有谁会做这样的事?'恩利尔将愤怒的目光投向埃阿神。

"埃阿神站了出来,对恩利尔说道:'众神之主啊,请您息怒,这样大的灾难,怎能说发动就发动?这里有如此多的无辜之人,他们是我们一手创造的,你们怎能如此残忍地将所有的人都杀尽呢?我们当然可以惩罚有错的人,毕竟他们惹了神怒,必须受到应有的惩罚,但是那些无辜之人呢?他们这是代人受过,您不能把所有的错误交于

①语言描写,突出了恩利尔看到还有人类时的愤怒心情。

祈祷(qí dǎo):一种宗教仪式,信仰宗教的人向神默告自己的愿望。
漏网之鱼(lòu wǎng zhī yú):比喻侥幸逃脱的罪犯、敌人等。

太有趣了，名著！ |图说吉尔伽美什|

他们承受，将他们赶尽杀绝啊！若是真的生气，您可以有千百种方式来惩罚他们，您可以将野兽放入他们的地域，用瘟疫惩罚随意发动战争的罪犯，可您不能滥杀无辜啊！我向他泄露消息，也只是为了保全您的名声，难道您想让所有人都认为您是一位滥杀无辜之人？如果您真的要惩罚，那么世上只有他了，您大可以直接将他杀死，永除后患了！'埃阿神勇敢地说道。

"恩利尔听完之后，朝着我走来，我心中十分害怕，他神力无边，而我在他面前只是一只蝼蚁。但没想到的是，恩利尔一把抓过了我的手，要求我带他参观我的船只。这时，我的妻子从船里走了出来，我同她一起跪在了恩利尔的面前，希望能够得到他的赦免。恩利尔宽宏大量，他没有惩罚我们，而是摸着我们的额头，赐予我们祝福：'从今以后，你们将获得永生，与神同寿，但条件是你们只能活在水天之岸。'"

乌特那庇什提牟的话结束了。吉尔伽美什惊住了，他的眼睛瞪得大大的，觉得自己杀掉洪巴巴和天牛的事迹，在这位经过大风大浪的先祖面前的确是不值一提啊！先祖的永生秘密竟然是这样的[①]。

①吉尔伽美什知道了先祖永生的秘密后非常吃惊。

赦免（shè miǎn）：以国家命令的方式减轻或免除对罪犯的刑罚。

12 先祖的永生之谜

感悟启示

原本以为了不起的事迹，在那些真正低调却经历过大风大浪的人的面前，却显得那么渺小。但是就算到不了远方，也不要永远站在一个地方。

读懂经典文学名著，爱读会写学知识
微信扫描目录二维码，获取线上服务

13 踏上归程

- 乌特那庇什提牟
  - 考验吉尔伽美什，和他打赌
  - 让妻子每天都做好面包，放到他身边，并在墙壁上刻上印记
  - 吉尔伽美什输了

- 先祖的礼物
  - 名称：海底神草
  - 特点：发光，茎上长着玫瑰刺般的刺
  - 去向：被蛇吃掉

　　吉尔伽美什明白了永生是神赐予的，感到希望渺茫。乌特那庇什提牟想要让自己的后裔不再抱有不切实际的幻想，于是想尽了办法。最后吉尔伽美什放弃了永生的想法，回到了自己的国家。

13 踏上归程

吉尔伽美什本以为可以通过自己的先祖得知永生的秘诀,或得到永生的仙丹妙药,但是没想到先祖的永生竟然是神赐予的,他顿时感到希望渺茫①。

乌特那庇什提牟感觉到了自己后裔的伤感,正想劝说,却突然想到,不能再让他抱有不切实际的幻想了。因此,他对吉尔伽美什说道:"当初的我也是侥幸在埃阿神的庇护下才获得永生的,可交换条件是永远待在这个远离人世的地方,并且失去了青春,只能是这么一副衰老的模样。就算你有本领让神为你召开会议,许你获得永生,但是这样有什么意义呢?"

① 吉尔伽美什知道了先祖永生的原因,心里很失望。

太有趣了，名著！ |图说吉尔伽美什|

　　吉尔伽美什呆愣了一瞬，不免有些怀疑道："一定还有永生的妙法，只是你不肯告诉我罢了，或是其他人有，但是我找不到罢了。你是我的先祖，怎能不帮我呢？"乌特那庇什提牟听了有些不开心，但是转头想到了自己的后裔是这样的不死心，也有些心疼，便对他劝道："我自然能够帮你，但是能不能成功全靠你自己啊。要是你能够六天六夜不合眼，我便将永生的秘密告知你①。"

　　吉尔伽美什一下子兴奋了起来，他就知道还有希望，这世上一定会有永生之法，因此他当即盘腿坐下，瞪着眼睛开始了。

　　但是他一路上实在是太辛苦了，风餐露宿，没有睡过一天好觉，因此半天不到，吉尔伽美什就有些睡意沉沉，不禁打起了瞌睡。

　　乌特那庇什提牟的妻子见此情景，便笑道："看看这个孩子，说是要坚持六天六夜，这还不到半天便睡着了，真是的。"

　　乌特那庇什提牟对他的妻子说："我就猜到会这样，你快把他叫醒吧，在这里也不是个事，还是回家去吧。他是一个国王，还应该有其他的事情要完成，怎么能一直待在我这里呢？在我这里待的时间越久，只会越浪费更多剩下的时间②。"妻子点了点头，刚准备叫醒那个沉睡的人，乌特那庇什提牟却阻止了她。他将妻子拉到了一边，紧接

①乌特那庇什提牟想要让吉尔伽美什死心，提出了一个吉尔伽美什不可能做到的条件。
②乌特那庇什提牟想让吉尔伽美什赶紧回到自己的国家，完成他的使命。

后裔（hòu yì）：已经死去的人的子孙。
风餐露宿（fēng cān lù sù）：形容旅途或野外生活的艰苦。

13 踏上归程

着说道:"算了,人类的心思最难猜测,若是不让他知晓事实,恐怕他不会信我们的,就更加不会死心了。"

因此,乌特那庇什提牟想了一个好办法。他让妻子每天都做好面包,并且放到他身边,还让她在墙壁上刻上印记,记录上他睡了几天。

他的妻子每天都照做,一直到了第七天,吉尔伽美什还没有醒来,乌特那庇什提牟有些坐不住了。他走到吉尔伽美什的身边,猛地推了他几下,一下子就将吉尔伽美什推醒了。吉尔伽美什十分恼火:"我只不过是稍微闭了一下眼睛,你为何这么急着把我叫醒呢?"

乌特那庇什提牟笑了笑,指着他身边的面包对他说:"你瞧瞧,这是你睡着时我们做的面包。第一天给你的面包现在已经长毛了,第二天的面包则已经变了味,第三天的面包刚刚潮湿了,而这第四天的面包则是表皮发白,这是第五天的面包,它的颜色已经变了,第六个面包刚刚出炉,剩下的第七个面包,现在还在炉子上。"

吉尔伽美什看见有证据在此,知道自己争辩不过,也知道自己永生的愿望无法达成了,他的心中涌起了无限的悲伤,开始向先祖乌特那庇什提牟寻求帮助:"事到如今,您说我该怎么办啊?难道就这么回去吗?您真的不知道,如果我回去,我的身体就会被死神牢牢困住,我会每日深陷于对死亡的恐惧,惶惶不可终日,我总是觉得那死神就坐在我的卧室,不论我是醒着还是睡着,死亡的阴影时刻都笼罩在我的头上,求您帮帮我吧[①]!"

[①] 吉尔伽美什还是不死心,仍然恳求自己的先祖帮助他实现永生的愿望。

图说吉尔伽美什

乌特那庇什提牟已经不想回答他的问题了,转头向摆渡人乌鲁舍那庇说道:"你可真是胆大妄为,未经允许就将陌生人带到了这里来,违背了我的旨意,你难道不怕我的责罚吗?我现在命令你:把你带来的人送回对岸去!再也不要回来了!"接着,他又看向吉尔伽美什说:"你将这么一个蓬头垢面、衣不蔽体的人带来了这里,看看他身上的灰尘,为什么不将他带到我们的浴场呢?那里才是最适合他的地方。他是尊贵的国王,本该锦衣玉食、面色光亮,至少应该干净整洁。但是你看看他的样子,哪里像一个国王?我命令你将他带去洗浴,把他身上的泥垢冲洗干净,让他洁白干净的皮肤裸露出来,让他换下那破旧的兽皮,穿上整洁华丽的衣衫,然后再将他带回来吧!"

摆渡人点了点头,便领着吉尔伽美什到了浴场。吉尔伽美什的确应该好好洗洗了,他的身体确实脏得不像样子。他先将裹身的兽皮扔到海里,接着自己也跳了进去,在水里开始搓洗。随着身体上泥垢飘走,他洁白、壮美的身体露了出来。他又解开了头巾,将自己乱糟糟的头发重新整理了一下。等到全部洗漱完毕,一个容光焕发、英俊潇洒的吉尔伽美什重新出现在了他们的面前。吉尔伽美什的容貌跟出发前一样惊人。他又穿上了新衣裳,束上了新头巾,模样更加整洁利落了[①]。

[①]梳洗后的吉尔伽美什依然那样的英俊潇洒,这才是一个国王应有的模样。

胆大妄为(dǎn dà wàng wéi):毫无顾忌地胡作非为。
容光焕发(róng guāng huàn fā):脸上放出光彩,形容精神饱满或身体健康。

13 踏上归程

此时，摆渡人已经将船准备好了，他们要赶在潮水退去前返航，这样才能保证两人的安全。

吉尔伽美什很不情愿。他并没有实现自己的愿望，因此眼中带着一丝失望和无奈，跳上了船，此时的他心中充满无限的惆怅。摆渡人收回锚，船只便顺风漂了起来。

乌特那庇什提牟和他的妻子站在岸上目送他的后裔回家。

对于费尽了千辛万苦却没有丝毫收获的吉尔伽美什来说，失望和惆怅是显而易见的。乌特那庇什提牟的妻子心里觉得不是滋味，喃喃自语："可怜的孩子费尽千辛万苦来到这里，如今一无所获地回去了，我们竟然什么礼物都没送给他，这是不是太吝啬了？他会怎么看待他的先祖呢？"

乌特那庇什提牟听了妻子的话，也有些伤感，接着一拍脑门喊道："哎呀！我怎么忘了这件事呢？我有一样重要的宝贝可以送给他。"

他急忙朝着船上的人影大喊道："吉尔伽美什，不要难过，你听我说，在离海中心不远的海底，有一种神草。如果你能得到这种神草，便可以变年轻一回。希望你一路顺风，早日回家！"

一听到有这种神草，吉尔伽美什的眼睛重新亮了起来，他重新燃起了希望[①]。在渡过海中心后，他将自己的脚绑上石头，接着一头扎进了海里，去寻找那株先祖所说的仙草。

他慢慢地沉了下去，发现海底有一株发光的草。这株草非常的奇

[①]一个"亮"字，形象地写出了吉尔伽美什再次对永生充满了希望。

太有趣了，名著！ | **图说吉尔伽美什**

特，它的茎上长着玫瑰般的刺，因此，想要摘下它，必定会被刺伤手的。可是一心想要永生的吉尔伽美什早就顾不上这些了，他直接用手握住神草的茎部，果然，他的双手被扎得鲜血淋漓。接着，强壮的吉尔伽美什在水中一手拿着神草，一手解开了绑在腿上的石头，快速回到了海面。

吉尔伽美什感到无比的开心，只见他晃动着神草，对摆渡人高声说道："你快看啊，我找到了神草，这株神草有那么神奇的功效，而且是我发现的，我一定要把它带回乌鲁克去，让我所有的臣民都看看这株仙草，让所有的臣民都尝到这株仙草。对了，我是不是要给这株神草起个名字？你觉得叫它'青春草'怎么样？如果吃了它，所有人的青春都可以重新来了[①]。"

摆渡人听完也十分高兴，决定护送他回国。在回国的途中，吉尔伽美什一直小心翼翼地守护仙草，时不时地看看它。两人走了一天，中间停下来吃了口饭。然后又走了半宿，他们准备找个地方好好歇歇脚，稍微休息一下。这时，前面突然出现了一汪清泉。吉尔伽美什心想，真是天助我也，正好浑身是汗，眼下有了这眼冰凉的泉水，一定要好好洗个澡。于是，他立即宽衣解带，跳进去洗了个痛快。

然而他不知道的是，那泉水里正好有一条蛇。它不安地扭动着自己的身躯，朝岸上游来。仙草对于这条蛇的诱惑不是一般的大，它几乎是立刻被仙草的香味吸引了。蛇神不知鬼不觉地游到了仙草旁，一

[①]语言描写，生动地写出了吉尔伽美什找到仙草后开心的样子，也从侧面体现出吉尔伽美什对臣民的关心和爱护。

13 踏上归程

张嘴就将仙草吃了下去。

等到吉尔伽美什洗完澡出来，拿起衣裳准备往身上穿时，却发现自己怎么也寻不到仙草，只看见一条蛇正在那里扭来扭去。更令人惊讶的是，不一会儿那条蛇竟然开始蜕皮了，瞬间从一条成年蛇变成了一条小蛇。

吉尔伽美什恍然大悟，怪不得他的仙草不见了，原来是被蛇吃掉了。失去了希望的吉尔伽美什坐在地上号啕大哭起来，乌鲁舍那庇闻声赶紧跑来，一眼就看到了地上的蛇，刹那间明白了一切。

"我费尽千辛万苦，放弃锦衣玉食的安逸生活，就是为了寻求永生之法。可没想到历尽千辛万苦，耗费了所有精力得来的仙草竟然被一条蛇吃了。我以为自己是可以对抗天意的，我不想面对死亡，可神一次又一次地提醒我。他们派了那么多人来劝我，我都没有放弃，好不容易得到了这株仙草，竟然还被一条蛇占了便宜。这蛇一定是奉了神的旨意来打消我永生念头的使者。看来，我是真的不得不放弃永生的想法了。"说完，吉尔伽美什就呆呆地坐在了地上，不愿再说话了①。

乌鲁舍那庇看到他难过的样子，便劝说道："你既然明白了上天的旨意，那么就一定明白他们赋予你的使命了，请你不要再逃避，快快动身回家吧，回到原来的地方去吧！"听了摆渡人的话，吉尔伽美什振作

---

①蛇吃掉了吉尔伽美什的仙草，吉尔伽美什不得不放弃了永生的想法。从此，他也明白了自己的使命。

恍然大悟（huǎng rán dà wù）：一下子完全明白了或觉悟过来了。

了起来。两人连夜赶路，又过了几天，他们终于回到了乌鲁克城。

看到故乡的人和物，吉尔伽美什不禁热泪盈眶："乌鲁舍那庇，你或许不知道，这里的一切都与我有着莫大的关系。你看我的城邦是多么的强大，那高墙正是我主持修筑的，你看那些基石、那些墙砖，都是我命人修建的，乌鲁克的城墙是牢不可破的！那里是果园，这里有伊什妲尔神庙，这里的一砖一瓦都是我亲自主持修建的。你觉得我的乌鲁克城，是不是天下最华美壮观的城邦？"

乌鲁舍那庇被这座城的美丽征服了。他看着四处的风景，忍不住发出了疑问："你有这么美丽的城市，为什么要执着于永生这样的事呢？"

抬头看了看乌鲁克城，吉尔伽美什决定再也不去追寻那没有可能的东西了。

感悟启示

吉尔伽美什失去了神草，却领悟到了更深层次的人生哲理——学会放弃。这种放弃不是随意放弃自己的坚持，而是在山重水复疑无路的时候，给自己留下一条退路。

热泪盈眶（rè lèi yíng kuàng）：因感情激动而使眼泪充满了眼眶，形容感动至极或非常悲伤。

14 吉尔伽美什的陨落

- 埃阿神
  - 性格特点：善良
  - 做过的事情：帮助过吉尔伽美什的先祖

- 恩奇都的地下生活
  - 身体的现状：被蛆虫啃噬，化为一堆骨头
  - 地府的待遇：完全取决于他们生前有几个孩子

- 兄弟见面之后
  - 吉尔伽美什努力完成人们的愿望，受到人们的爱戴

吉尔伽美什非常想念恩奇都。他去祈求埃阿神，让他帮助自己见一见恩奇都。埃阿神帮助吉尔伽美什见到了恩奇都，听了恩奇都讲述的地下生活后，吉尔伽美什的心境发生变化，决定要为乌鲁克尽责，开始造福他的子民。吉尔伽美什去世之后，人们把他和恩奇都的故事刻在了石碑上，以此来纪念他们。

图说吉尔伽美什

吉尔伽美什重新回到王宫,这里是生他养他的地方,在这里他看到了自己熟悉的一切:他在这里玩耍,他在这里长大,他在这里同自己的兄弟谈话……

他不由得想起了他的好兄弟恩奇都,若是自己能见上兄弟一面,这该是多么幸福的事情啊!于是,他想到了曾经帮助过先祖的埃阿神:"只有这位善良的神才能帮我完成这个愿望①。"

吉尔伽美什主意一定,便开始了自己的计划。他先是到密室中取出自己的两件宝贝,一件是鼓,一件是鼓槌。这两件东西并不起眼,在整座精致的宫殿里更是不值一提,但是只有吉尔伽美什知道,这两件东西大有来历。

①吉尔伽美什重新回到自己的王国,眼前的一切又让他想起了自己的兄弟——恩奇都。

不值一提(bù zhí yī tí):不值得提起。

14 吉尔伽美什的陨落

很久以前，女神伊什妲尔在幼发拉底河散步，偶然间发现了弗鲁普树，高兴地将它带回到乌鲁克城培养。可是鹫鸟、花蛇和妖女也发现了这棵树，并将它霸占了。吉尔伽美什为女神赶走了鹫鸟，砍断了花蛇，还吓跑了妖女，抢回了女神最喜爱的树。伊什妲尔为了感谢他，就用树梢为他做了一面鼓和一把鼓槌。这两件珍贵的礼物一直被他锁在橱窗里，没有人知道这件事[①]。

吉尔伽美什心想，现在是用这两件宝物的时候了。他先将两件宝物取出，又来到地下大门的上面，这里有一道裂缝，叫无底深渊，掉下去就再也回不来了。

吉尔伽美什迅速地将两件宝物扔了进去，刹那间，它们便不见了踪影。吉尔伽美什抬头向埃阿神哭诉道："世间最善良的神啊，我的鼓和鼓槌掉落到了地下宫殿，这是女神伊什妲尔送给我的礼物，断然不能被毁弃的。幸好我的兄弟恩奇都托梦给我，说他已经帮我找到了掉落的宝贝，还说要来送给我呢。能不能让我再见一眼恩奇都，好圆了我们的梦想。"

埃阿神十分同情恩奇都和吉尔伽美什，立刻对吉尔伽美什说道："可怜的吉尔伽美什，我有办法让你们兄弟相见，请你使用自己的力气，在地上打一个洞，这样的话，恩奇都的灵魂就能立马飞出来与你相见了[②]。"

吉尔伽美什谢过埃阿神，接着便打起了洞。随着地洞的穿凿，恩

[①]讲述两件宝物——鼓和鼓槌的由来，属于插叙。
[②]埃阿神十分同情吉尔伽美什和恩奇都，决定帮助吉尔伽美什实现他的愿望。

太有趣了，名著！ |图说吉尔伽美什|

奇都的灵魂果真从下面飞了出来。再次看到自己亲爱的兄弟，吉尔伽美什泪流满面。他伸出双手紧紧将恩奇都抱住，两个人抱头痛哭，许久之后才放了手。

"我亲爱的兄弟啊，地下的生活你还习惯吗？你过得怎么样呢？有没有受什么委屈呢①？"

"亲爱的吉尔伽美什，我真的没有想过能再次见到你。你知道吗？当初你抚摸过的那具我的尸体，现在已经被蛆虫啃噬，化为一堆骨头了。我的肉体不复存在，灵魂也不能离开地下，我实在是难过极了。"恩奇都伤心地说。

吉尔伽美什忍不住痛哭流涕："对不起，我亲爱的兄弟，你在地下受苦了。你能跟我讲一讲你在地下的遭遇吗？"

"地下王国等级森严，每个人的待遇都不一样，但是这完全取决于他们生前有几个孩子②。"

"若是只有一个孩子会怎么样呢？"吉尔伽美什好奇地问道。

"只有一个孩子的人在地下只能靠吃泥土过活，每日都要躺在墙根下睡觉，根本没有好日子过！"

"若是有两个孩子呢？"

①语言描写，形象地表现出了吉尔伽美什对兄弟恩奇都的关心。
②吉尔伽美什从恩奇都的口中知道了地下王国的待遇取决于自己生前有几个孩子。

委屈（wěi qu）：受到不应该有的指责或待遇，心里难过。
痛哭流涕（tòng kū liú tì）：非常伤心地痛哭，涕泪交加的样子。形容伤心到极点。

14 吉尔伽美什的陨落

"有两个孩子的人便能够吃上美味的面包了,还可以躺在砖房里睡觉呢!比只有一个孩子的人过得强多了!"

"有三个孩子的又会怎样呢?"

"有三个孩子的人更加幸福,他可以用瓶子喝干净的水,吃的东西更加丰富。"

"有四个孩子的人岂不是更加幸福了吗?"

"当然了我的兄弟,有四个孩子的人,每天快快乐乐地生活着。最特别的是有五个孩子的人,他们可以享受着特殊的待遇,能够做地下宫殿的刀笔吏,并且为阴间主持正义,甚至可以随便出入地下世界的宫殿呢!"

吉尔伽美什对地下的事情非常感兴趣,又问起了战死沙场的士兵们的生活,却被恩奇都告知:"那些享受光荣的战士们,死后来到了他们父母的身边,可是他们活着的妻子却在日夜为他们哭泣,都是可怜的人呢!"

吉尔伽美什又问起了死后没人埋葬尸体的人下场会如何,恩奇都告诉他说:"灵魂居无定所的人,他们只能整日游荡在地官里,因为没有人为他们祭奠,所以,他们整日吃着别人剩下的饭菜,连喝的水都是馊的,这也是在地下王国生活得最惨的一类人[①]。"

①吉尔伽美什询问了各类人在地下生活的情况,对这些非常感兴趣。

游荡(yóu dàng):闲游放荡,不务正业。

太有趣了，名著！ 图说吉尔伽美什

这场短暂的相聚马上就要结束了，恩奇都必须回到地宫去。吉尔伽美什紧紧抓住他的手，一点儿都不想①放他离去。恩奇都深情地望向他的好兄弟："不要因为我的离去而悲伤，更不要为了死亡而难过，人总有这一天，你要做的，就是过好眼下的每一天，请相信我的话，兄弟，我们终有团聚的一天！"

吉尔伽美什安静地听完自己兄弟的话，附和道："你说得不错，古往今来，不论是仁慈的君主，还是残酷的君王；不论是王孙贵族，还是路边乞丐，所有人都必须走这么一遭，我又何必整日因为这件事而惶惶不可终日呢？你真是我的好兄弟，请你在地宫等着我，我们一定会再次相见的！希望那个时候，我们还能握住彼此的手，像今天一

- ①"一点儿都不想"体现了吉尔伽美什对恩奇都的不舍。

- 附和（fù hè）：（言语、行动）追随别人（多含贬义）。

14 吉尔伽美什的陨落

样喝酒聊天,一样的开心快乐!"

说完,他放开了恩奇都的手,让恩奇都的灵魂从洞中钻了回去,自己则是一直看着兄弟的身影,直到再也看不到为止。

跟恩奇都见面之后,吉尔伽美什将一切事情都看开了:人生不过如此,若是一直带着恐惧,不能好好地享受生活,才是这一辈子最大的过失。既然不能活得永久,那为什么不想开些,过好当下的每一天呢!

于是他重新戴上了王冠,又坐在乌鲁克王宫中央的宝座上,对着臣民再一次发出了王命:"我年轻时为了功勋,不惜放弃自己的所有时间,后来为了解除死亡的恐惧,又花费了那么多的工夫寻求永生,但是到头来却是一场空啊!现在,我明白了人生的意义,明白了我应该过什么样的生活,所以,乌鲁克的子民们,从今天开始,你们的所有梦想就是我的梦想,我会将整个乌鲁克打造成世界上最幸福、最富庶的地方!你们有什么想法,尽可以提出来,我一定会尽力实现你们的愿望[1]。"

众人都被国王的话惊呆了,后来有人提出了自己的想法,说想要把城墙加高,又有人提出了修建新的庙宇,还有人说要让国王前去击退前来侵犯的邻国。吉尔伽美什一个一个听取了意见,接着,便开始用自己的后半生来兑现自己的承诺。

当他做完这些事情的时候,双鬓已经斑白了,力气也大不如从前了。

直到有一天,吉尔伽美什知道自己将不久于人世,便召集了长

---

[1] 吉尔伽美什的思想发生了变化,他决定从此让乌鲁克的子民过上幸福的生活。

老们前来，宣布自己的遗言："我一生坎坷，多灾多难，做过很多大事，也犯过很多错。我做过很多有意义的事，但是同时也做过很多徒劳无功之事。我感恩我的子民，他们时刻支持着我，相信着我。尽管有很多人对我有意见，也有很多人对我不认同，可是这都不重要，只要我的后人能够吸取我的经验教训，这就足够了。因此，在我死后，请将我的一生记录下来，把我的故事刻在泥板上，让后人都知道自己的先祖曾经的丰功伟业，也知道他的暴戾残忍。只有这样，才能使乌鲁克城更加繁荣昌盛！"

交代完这件事后不久，吉尔伽美什就与世长辞了。国王去世的消息一经传出，整个乌鲁克哀声四起。工匠放下了自己手中的铁锤，妇女离开了房间，所有的人都停下了自己手中的活计。只有鼓手，他们拿起了鼓槌，敲起了肃穆的鼓声①。

臣民们为了纪念这位伟大的国王，在乌鲁克城的中间修筑了一座奢华无比的坟墓，规格跟他生前的宫殿一模一样。当坟墓建好后，臣民将国王的遗体，还有他的妻妾、仆人、士兵一同埋葬了，除此之外还准备了大量的珠宝、黄金、玉石，以此献祭给地狱女王，打点地下的小官差，希望他们能够让自己的国王在地下过得更好些。

此外，人们自发给众神献祭，所有人一同请求众神要善待他们国

---

①描写所有人知道国王去世后的表现，可见大家对吉尔伽美什的敬佩和爱戴。

暴戾（bào lì）：粗暴乖张；残酷凶恶。
与世长辞（yǔ shì cháng cí）：指人去世（多用于敬仰的人）。

14 吉尔伽美什的陨落

王死后的灵魂,让国王能在死后过上跟生前一样的生活。

而长老们则根据国王的吩咐,将吉尔伽美什与恩奇都的故事,包括他们斩杀洪巴巴、击败天牛、寻找永生秘密的故事记录下来,并刻在了泥板上。林林总总,他们一共刻了十二块泥板。

这些泥板一直流传至今,那些故事生动形象,英雄的丰功伟业就在眼前。我们今天还能够知晓这个传奇故事,能够穿越地域、跨越时空去了解这个生活在四千八百多年前的英雄——吉尔伽美什的故事,正是因为这些泥板的存在①。

吉尔伽美什终于找到了自己真正的志向,肩负起了自己应尽的责任。他懂得付出和奉献,被后人们所敬仰。

①叙述吉尔伽美什和恩奇都的故事能够流传下来的原因。

跨越(kuà yuè):越过地区或时间的界限。